天候·秋

TIANHOU · QIU

周生祥　周喆鸣◎著

江西高校出版社

图书在版编目（CIP）数据

天候·秋/周生祥,周喆鸣著. ——南昌:江西高校出版社,2019.11（2022.2 重印）
ISBN 978-7-5493-9120-2

Ⅰ. ①天… Ⅱ. ①周… ②周… Ⅲ. ①叙事诗—中国—当代 Ⅳ. ①I227.3

中国版本图书馆 CIP 数据核字（2019）第 227460 号

出 版 发 行	江西高校出版社
社　　　址	江西省南昌市洪都北大道96号
总编室电话	（0791）88504319
销 售 电 话	（0791）88522516
网　　　址	www.juacp.com
印　　　刷	天津画中画印刷有限公司
经　　　销	全国新华书店
开　　　本	700mm×1000mm　1/16
印　　　张	11.5
字　　　数	160 千字
版　　　次	2019 年 11 月第 1 版 2022 年 2 月第 2 次印刷
书　　　号	ISBN 978-7-5493-9120-2
定　　　价	38.00 元

赣版权登字 -07-2019-871
版权所有　侵权必究

图书若有印装问题，请随时向本社印制部（0791-88513257）退换

目　　录

第一回　酷暑施虐大江南　乌云解危当先锋 …………… 1
第二回　白云巧施激将法　乌云撤兵杭州城 …………… 3
第三回　纳莎吹牛进冷宫　立秋赛诗骗酷暑 …………… 6
第四回　守盟约秋暑拉锯　挂令旗处暑破敌 …………… 10
第五回　处暑研习老皇历　白露智灭秋老虎 …………… 13
第六回　天鸽娇惯埋祸根　华南无端受重创 …………… 17
第七回　织女下界遇牛郎　牛郎上天献情诗 …………… 20
第八回　蟠桃会立秋担纲　选寿桃奉化中标 …………… 24
第九回　失先机处暑让贤　得聪慧白露挂帅 …………… 28
第十回　白元帅治军有方　庞先生投诉无效 …………… 31
第十一回　游西湖参谋述景　叠字句副将吟诗 …………… 34
第十二回　钱部长渊源深厚　通讯员作词采风 …………… 38
第十三回　岳高参引经据典　白元帅融会贯通 …………… 41
第十四回　慰前线八仙过海　迎来客白露施政 …………… 44
第十五回　游宋城千古情愫　看演出八仙惊魂 …………… 47
第十六回　印象西湖观实景　入神仙姑出洋相 …………… 50
第十七回　月亮湾嫦娥舒袖　广寒宫吴刚斫桂 …………… 53
第十八回　玩山水八仙出游　赛诗词诸神逞能 …………… 56
第十九回　八仙阵前提去意　白露杭城选特产 …………… 59

第二十回	接举报天庭调查	受处罚八仙挂职	62
第二十一回	受牵连白露调岗	担重任秋分挂帅	65
第二十二回	圆少梦秋分寻桥	研文献杭城访古	68
第二十三回	扮市民微服私访	过六桥秋分考诗	71
第二十四回	游西溪兼葭秋雪	逛水域五难元帅	74
第二十五回	跨钱江南北贯通	走十桥秋分题诗	76
第二十六回	白露做副官学艺	任侍卫效忠李靖	79
第二十七回	迎佳节大军放假	钱江源秋分探幽	81
第二十八回	访农居老者论道	问男童秋分出题	83
第二十九回	中秋节平湖赏月	广寒宫嫦娥对课	86
第三十回	建桥梁秋分调岗	访三农寒露上任	89
第三十一回	研节气文化遗产	排时辰奥秘无穷	91
第三十二回	为民寒露访教授	解困袁老创奇迹	94
第三十三回	访朋友樟王说事	建公园水杉应聘	97
第三十四回	访美国招树引材	谈体会日新月异	100
第三十五回	三紫吹牛论高下	樟王夸赞促团结	102
第三十六回	三花比美寻事儿	五项全能难分胜	104
第三十七回	樟王沽酒论名花	寒露赏花吟古诗	109
第三十八回	天排云阵千雷震	地卷银山万马奔	113
第三十九回	寻破绽酷暑偷袭	闯大祸寒露辞职	117
第四十回	樟王劝慰寒元帅	寒露拜访灵隐寺	119
第四十一回	寒露立志办学校	方丈茗茶论佛诗	123
第四十二回	秋意浓霜降上任	初霜起寒露下岗	125

第四十三回	霜元帅排兵布阵	玉皇帝出题作文 ……………	127
第四十四回	霜降求教香樟王	樟王讲述待客经 ……………	130
第四十五回	婚姻之道十五步	嫁娶之礼一二年 ……………	133
第四十六回	论房价安居乐业	讲民俗建房进屋 ……………	136
第四十七回	审论文金星出招	抱不平祖师发难 ……………	140
第四十八回	评审会野神抱团	遭逼宫老君道歉 ……………	143
第四十九回	花果山霜降慰问	水帘洞悟空迎客 ……………	146
第五十回	霜元帅班师庆祝	太白星开会总结 ……………	149
第五十一回	座谈会立秋推诿	颂浙江白露点赞 ……………	152
第五十二回	三个浙江遍全球	五大板块齐飞跃 ……………	155
第五十三回	说文脉霜降讲道	谈美景寒露论理 ……………	159
第五十四回	牛郎硬闯座谈会	秋分解读天河桥 ……………	163
第五十五回	嫦娥含泪诉衷情	老君泄密透底细 ……………	166
第五十六回	谈名山寰中绝胜	论大川紫金锁澜 ……………	169
第五十七回	论节气老者寄情	做总结六帅念诗 ……………	172
第五十八回	金星前台提要求	玉帝后宫定变革 ……………	176

第一回　酷暑施虐大江南　乌云解危当先锋

开篇诗云：

　　　　　　　　风云变幻大王旗，
　　　　　　　　四季轮换自然律。
　　　　　　　　酷暑霸夏失民心，
　　　　　　　　悟空借扇助春秋。

又云：

　　　　　　　　上下数千年，
　　　　　　　　纵横几万里。
　　　　　　　　浓缩四季风，
　　　　　　　　谈笑天候中。

且待笔者慢慢道来。

话说在2017年七月上旬的某一天，虽然从时间上来说，其时还只是小暑季节，但中国南方的大部分地区来了一个恶魔，他的名字叫"酷暑"。酷暑一来，不管是小暑还是大暑，大部分地区立即进入酷暑模式。酷暑一下子就控制了整个杭州城，使全城的市民生活在滚滚热浪之中。他不但折磨人，连花草树木都不放过。市民们只好躲在家里，尽量不出门。当地的新闻媒体连连发布高温预警，提醒民众做好防酷暑的准备。为了躲避酷暑这个大敌，有的居民使用空调，有的居民使用电风扇，有些年老体弱的居民甚至躲到乡下或深山老林里去了。酷暑在整个七月横行霸道、一手遮天，暑情之严重为多年来之罕见。

七月下旬进入大暑后，情况越来越危急。严重的暑情终于惊动了玉皇大帝,玉皇大帝不忍心让杭城的生物受此折磨,就派仙女"纳莎"(台风名)下凡,命其赶走酷暑,解救黎民百姓。纳莎得令,挥动大旗,带领大军直往福建沿海一带扑去。为稳扎稳打,纳莎在浙闽边境安营扎寨,指派先锋乌云打头阵,命其迅速撤离华南一带,先行赶到浙江境内。这乌云十分了得,一到浙江就和酷暑大战三百回合,直打得酷暑跪地求饶,慌忙退去。乌云终于控制住杭州城的上空。酷暑则且战且退,后退千余里,暂且在北方安营扎寨,准备重整力量,伺机反扑。乌云进驻后,雷公电母赶来助阵,雨水随后也跟着来了。久旱逢甘霖,杭城百姓终于从酷暑中解放出来,他们欢欣鼓舞,纷纷走上街头享受这难得的清凉。那些在乡下避暑的乡亲陆陆续续返回家中,大地重现勃勃生机。然而,酷暑只是暂时退却,等到纳莎收兵,乌云离去,酷暑随时可能卷土重来。气象专家提醒大家要提高警惕,切勿高兴得太早,仍要做好防暑降温的准备。

欲知后事如何,且听下回分解。

第二回　白云巧施激将法　乌云撤兵杭州城

七月底,纳莎的手下——先锋乌云,在浙江境内和酷暑大战一场,胜出后顺利控制并占领了杭城。乌云一边在杭城上空安营扎寨,清扫战场,一边发电报给纳莎,说已拿下浙江全境,现已驻兵杭城上空。纳莎得报,大喜,一边回电嘉奖,一边整理队伍。纳莎发现,由于在福建沿海一带缠斗时间过长,队伍受损严重,士气低落,战斗力也不强了。想到杭城的酷暑已被驱散,于是,纳莎就带着主力回天庭交差去了。

纳莎没来,乌云也没有接到通知,他仗着自己攻下杭城有功,天天在那里喝酒作乐,完全不把酷暑放在眼里。

酷暑被乌云打败后,向北方后退千里,在那里安营扎寨。安顿好之后,酷暑马上清点队伍,发现兵将损失严重,队伍元气大伤。酷暑发誓决不服输,定要反击,以报杭城大败之仇。无奈帐下将少兵弱,酷暑不由心中悲切,长吁短叹。

此时,酷暑手下的大将白云进来请安,见此情景,忙问其故。酷暑道出原委后,白云大叫:"主公放心,这有何难?小将愿领兵三千,反攻杭州。"酷暑知道白云是乌云的兄弟,有些不放心,说话支支吾吾的。白云见状,心中明了,说道:"小将愿立军令状,两天之内一定拿下杭州,否则,军法处置。"白云话都说到这个份上了,酷暑没有不同意的道理,就正式令白云为先锋,率三千兵马一路向南,反攻杭州,他则率大部队紧随其后。白云领着三千兵马前去杭州,他一路走一路想:"论力量,乌云力沉,我力轻;论帮手,乌云有雷公电母在旁,我啥也没有;加上乌云已布防多时,以逸待劳,我则远道而来。要是硬着头皮干起来,我恐怕不是乌云的对手,必须想办法智取。"

到达杭州城城北超山附近，白云令部队安营待命，随后就单枪匹马来到乌云的城门下，大叫"开门"。守门将士见有人叫门，忙问，来者何人，来此作甚。白云说，他是乌云的兄弟，有要事找乌云商量。守门将士听说来者是乌云的兄弟，不敢耽搁，就急忙报告乌云。乌云听说白云求见，心里感到纳闷，心想："我和白云虽是兄弟，但各为其主，他为何要来找我？"于是，他忙问卫兵："他带了多少兵来？"卫兵说："只白云一人。"乌云哈哈大笑，叫卫兵把白云带进来。

白云一进乌云的营帐，就闻到一股酒气，只见乌云斜躺在床上，自顾自地饮酒作乐。白云心中暗喜，急步上前，倒头便拜。乌云眯着眼，说："你不是在酷暑手下干吗？到我这里来干啥？"白云一把眼泪一把鼻涕地说："大哥有所不知，自我们兄弟分道扬镳、各事其主后，我无时无刻不在想念大哥，知道大哥在纳莎仙女底下干得有声有色，我很为大哥高兴。特别是前几天，你率兵攻入杭城，大败酷暑，直打得酷暑大军落荒而逃，今后，酷暑再也不敢跟你交手了。"

乌云听到此话，哈哈大笑，问："那你又来干什么？难道就是来跟我说这些？"

白云说："大哥啊，我们分别这么久了，我是来和你叙叙兄弟之情的啊。"说着眼泪就扑簌簌地流了下来。

乌云见状，心软了，就招呼白云上前坐下，一起喝酒。

白云使出浑身解数，一边喝酒，一边劝酒，直灌得乌云两眼发直，前言不搭后语。白云于是趁机问乌云："大哥此次来杭城驻防，所为何事，需要多久？"

乌云说："我奉纳莎之命攻下杭城，赶走酷暑，为杭州百姓造福。我觉得杭州上空很好，准备长期不走了。"

白云说："大哥神勇，天下无双，现在酷暑已经被赶走了，怕是再也不敢进犯杭城了,大哥只管放心就是。"

乌云说:"那酷暑也不过如此。"

白云说:"大哥的任务既已完成,长期驻扎在此,怕有不便吧。"

乌云说:"有何不便?"

白云说:"大哥有所不知,那杭城百姓经常受雾霾所害,特别渴望有蓝天白云的日子,对黑咕隆咚的天空多有怨言。"

乌云不信,说:"哪有这种事情?"

白云于是拿出手机,打开朋友圈。只见朋友圈中的网友对蓝天白云都是满满的喜爱,对乌云密布的天空则摇头叹息,更有留言说"黑云压城城欲摧"。

乌云一看这些,气不打一处来,大叫道:"老子拼命奋战,难道就是这个结果?"

白云说:"大哥赶走酷暑,立了大功,老百姓对您自是感激不尽。但我听说纳莎已经回天庭领功受奖去了,大哥如果再不赶回去,怕是连汤都喝不上了。"

乌云怒道:"好一个纳莎,欺人太甚。"说完,乌云急急赶出帐外,集合队伍,呼啸一声,奔天空而去,不一会儿就消失得无影无踪了。

白云于是不慌不忙地给酷暑发了个电报,只两个字——搞定。

生活在地面上的老百姓有些纳闷:"前几天乌云来时,天空的动静很大。现在悄无声息的,乌云却一下子不见了。漫天白云回来了,后面还紧紧跟着酷暑呢,这可如何是好?"

欲知后事如何,且听下回分解。

第三回　纳莎吹牛进冷宫　立秋赛诗骗酷暑

七月底时，纳莎在福建一带转了一圈，刮了几次大风，下了几场大雨，见南方胜局已定，就丢下驻扎在杭州上空的乌云，带着主力回天庭邀功请赏去了。纳莎在凡间转了一圈，好的东西没有学会，倒是把人间的一些坏习惯，比如浮夸之风，学得有模有样。回天庭后，纳莎一通吹嘘，说她已将酷暑彻底消灭，从此凡间再无后患。玉皇大帝听了大喜，封其为台风女王。

纳莎受封之后得意忘形，天天呼朋唤友、花天酒地。不料，纳莎才过了三天好日子，就被赶回天庭的气急败坏的乌云拉着去找玉皇大帝评理。玉帝这才知道他被纳莎骗了，一气之下将纳莎打入冷宫。乌云丢了杭城，也犯了大错，玉帝命其面壁思过一周。

玉帝一边处理纳莎、乌云，一边通知文武大臣上殿商议对策。只一会儿工夫，文武大臣便已悉数侍立两旁。玉帝把纳莎下凡造假、乌云受骗丢失杭城的情况简单说了一遍，然后感叹道："现在杭城又落入了酷暑之手，百姓定受酷暑之苦，诸位大臣要赶紧定下应对之策啊。"

玉帝话音刚落，太白金星就奏道："古语有云，兵来将挡水来土掩。如今大暑将过，立秋即到，可命立秋为元帅，命其火速领兵前去杭城，征讨酷暑。"

玉帝准奏，任命立秋为主帅、处暑为副帅，命他们二人务必在半个月内彻底打败酷暑，还百姓一个清凉的环境。

立秋也是有来头的，所谓的"老气横秋"指的就是他。立秋接到玉帝的命令，自然不敢违抗，就带着部队往杭州前线赶去，心里盘算着对策，想

第三回　纳莎吹牛进冷宫　立秋赛诗骗酷暑

那酷暑势力强大,帐下又有白云、阳春等足智多谋的大将,与其硬拼绝非良策,必须从长计议。立秋知道,现在的人也很矫情,自己破坏了生态环境,弄得夏不夏秋不秋的,热了几天说受不了,乌云多了又说暗无天日。立秋若是和酷暑硬打起来,到时必然雷电交加、大雨倾盆,受灾的还是老百姓。立秋到底是老资格,不一会儿就计上心来。

一个时辰后,立秋已离杭州上空不远,于是拿出手机给酷暑打了个电话。立秋在电话里说:"酷暑哥哥,别来无恙,想我们兄弟姐妹二十四个,你排在我前面,所以你是哥哥,我是弟弟。我受玉帝之命前来征讨你,实在是出于无奈。若我们非要真刀真枪地干起来,必然两败俱伤,还伤了我们兄弟之间的感情,不如我们坐下来,想个万全之策。"酷暑前段时间已吃过纳莎的亏,又知道立秋的厉害,所以不敢争强好胜。他不知道这一次立秋葫芦里卖的是什么药,心想:"以不变应万变吧,先见了面再说。"酷暑就答应和立秋见面。

第二天,双方按约定在杭州郊区的转塘见面。双方都只带了一个副手:酷暑身后站着小暑,立秋身后站着处暑。

一见面,酷暑就问立秋:"你说要坐下来谈,那你准备怎么谈。"

立秋说:"我们双方各拟一个应对方案,内容要双方都能够接受,然后选择其中一个方案实施怎么样?"

酷暑说:"拟个方案倒简单,但怎样确定用哪一个方案呢?"

立秋说:"我们双方先把方案写好放在这里再说。"

酷暑答应了,于是让小暑马上拟出一个方案来。

双方都是行伍出身,拟方案是小菜一碟。不一会儿工夫,双方就把方案拟好了。两份方案放在一起,编上号后,被封存了起来。

接下来决定选用哪个方案。酷暑建议抽签。立秋说:"抽签太简单,没有情调。"

酷暑问:"那什么办法是有情调的?"

立秋说:"久闻哥哥喜欢诗词,小弟不才,愿陪哥哥赛诗,我们两个各写一首描写自己的诗,然后找五个路人来打分,谁得分高,就用谁的方案。"

酷暑想着自己平时诗也写得不错,不见得会输给立秋,也就同意了。

不一会儿,双方都写好了一首诗。酷暑的诗是这样写的:

    乳鸭池塘水浅深,
    熟梅天气半晴阴。
    东园载酒西园醉,
    摘尽桃李一树金。

立秋的诗是这样写的:

    乳鸦啼散玉屏空,
    一枕新凉一扇风,
    睡起秋声无觅处,
    落阶梧叶月明中。

接着,属下在旁边找了五个路人,请他们分别给这两首诗打分。五个路人很快就把分数打出来了。结果是:酷暑的诗得85分,立秋的诗得88分。立秋获胜,酷暑虽然觉得有点可疑,但有言在先,所以也无话可说。

接着,属下拆开了立秋写的方案。大意是这样的:

前段时间,纳莎、酷暑历经大战,双方能量耗尽,损失惨重。现在,立秋、酷暑不愿重蹈覆辙,本着双方共赢的原则,约定在最近半个月内,杭州上空由双方共同守卫。具体的时间安排如下:酷暑一方负责上午十时到下午三时这个时间段,其余时间段由立秋一方负责守卫。方案暂时实行半个月,半个月后根据老百姓的反馈意见再进行协商。

酷暑对立秋提出方案一事虽然心有不甘,但有言在先:选用赛诗赢者提出的方案。另外,他也惧怕立秋的实力,真动起手来,他也没有必胜的把握,就只好答应了。但酷暑提出了需要补充说明的相关内容:一是怎么认定双方有没有违反约定；二是谁来评判、监督执行。

双方经讨论后一致认为，还是由人类说了算。有个人叫三明，他是个不务正业之人，好打听小道消息。人类将感受、意见统一交给三明，再由三明转交给立秋、酷暑，从而起到监督执行的作用。

接着，双方签字画押：此约定一式三份，立秋、酷暑双方各执一份，另一份由人类保存。至此，本次会谈结束，双方回各自营地，布置新的防卫方略去了。

回去的路上，处暑悄悄地问立秋："元帅做事向来是有十分的把握才会做，今日赛诗怎能保证定会胜出？"

立秋哈哈一笑，说："那些路人全部是我们的将士假扮的。"

处暑听了后，恍然大悟。

欲知后事如何，且听下回分解。

第四回　守盟约秋暑拉锯　挂令旗处暑破敌

八月上旬,立秋、酷暑在杭城转塘的上空赛诗定输赢,订下了盟约。从那天起,酷暑朝十晚三上班,其余时间由立秋管理。方案执行了一周时间,双方都讲信用,没有大的违反合约的事情发生。只是酷暑心有不甘,但一则签订了盟约,二则惧怕立秋的实力,所以也不敢撕毁盟约,进犯立秋。

立秋当然知道酷暑的本性,所以时时提防,严阵以待,防止酷暑反攻倒算。酷暑早上总是早出来半个小时,九点半就去上班了。到了下午三点,他还赖着不肯走。立秋对此提出严正抗议,酷暑只好知趣地走了。酷暑手下有一员大将,名叫"秋老虎"。他很不服气,很想为酷暑出头,因此时不时地跑出来骚扰一番。

立秋手下的大将们都恨得咬牙切齿,一直想揍秋老虎一顿。但立秋是个耐得住性子的元帅,他总是告诫手下:"那秋老虎是秋后的蚂蚱,蹦跶不了几天。我们只要看杭城百姓的反应就好了。如果杭城的百姓反应强烈,那我们就要出手;反之就不要兴师动众了。"主帅既然这样说了,下面的将士也就只好作罢。

到了八月二十日那天,立秋突然接到天宫发来的紧急通知,要他速速返回天宫,和立春、立夏、立冬一起筹备蟠桃会,为王母娘娘祝寿。

立秋知道天命不可违,但总是不放心,就把副将处暑叫来,事无巨细地交代一番,处暑一一记下,点头称是:"元帅尽管放心,末将一定恪尽职守,坚决不让酷暑阴谋得逞。"立秋交代完毕,就去天宫赴命了。

处暑虽然还是个毛头小伙子,但他在立秋身边待的时间很长,倒也学到了许多方法。处暑知道自己身上的担子很重，不敢有丝毫怠慢。于是，他立即找来皇历，仔细研究。年轻有年轻的好处，年轻人熟悉那些先进的科技手段。这不，处暑找来了平板电脑，通过网络搜索酷暑的相关信息。这一查，酷暑的狐狸尾巴就露出来了。原来，酷暑乃太上老君手下的一个童子。太上老君专心炼丹，酷暑常年待在炼丹房里，全身一团火气。上个月，酷暑向太上老君请假，说连日炼丹辛苦，常年无休，想请半个月假休息休息。太上老君念着酷暑炼丹劳苦，也就同意酷暑休假半个月的请求，并提醒他准时回来上班。

没想到，半个月过去了，却不见酷暑的踪影，太上老君正着急呢。处暑了解了这个情况后，马上发了个电报给立秋，要立秋转告太上老君：酷暑正在人间危害生灵。立秋收到情报后立即转告太上老君。太上老君听到这个消息，大为光火，一边立即吩咐手下拟定处理酷暑的决定书，一边发信息给酷暑，要他速速回宫，听候处理。

酷暑听说立秋被召回天宫去了，现在对方队伍中无主帅，主持工作的是个毛头小伙子，遂大喜过望，心想，这是天赐良机。他立即调兵遣将、排兵布阵，准备在第二天上午九时发起总攻。忙到晚上十时左右，酷暑准备完毕，有些累了，倒头就睡，一会儿就进入了梦乡。

睡梦中，酷暑回到了天宫。在太上老君的办公室，酷暑看到了那张处理酷暑的通知书，正不知所措时，耳边传来了太上老君的声音："酷暑顽儿，你不知好歹，我准你休假半个月，是要你好生休息，养精蓄锐，或看书，或学驾，实在无聊到人间去走一趟也未尝不可，但你却在那里赖着不走，胡作非为，弄得百姓受苦，还惊动了玉帝，连我都受你牵连了。还不快快回来，听候处理，你若见到处暑，如见我人，千万不能再意气用事，一错再错。"

梦到这里，酷暑被一身冷汗惊醒，眨眨眼，发现是在做梦。他想，那不过是个梦，就没太在意，于是又倒头睡过去了。

第二天上午九时，酷暑亲率大军直奔立秋大营，却见立秋大营城门大开，阵中一小将骑着马率队而出。酷暑策马上前一看，只见对方阵营中竖着一面大旗，上面写着"处暑"两个字。这一看不打紧，却吓得酷暑立即口吐鲜血，跌下马来，不省人事。

酷暑手下众将一起赶上前来，把酷暑救回大营。过了半个时辰，酷暑才悠悠醒过来，摆摆手，说道："罢了，罢了，命该如此，收兵吧。"说完，酷暑率领大军绝尘而去，只片刻工夫，就消失得无影无踪。此后，杭城上空很长一段时间内都没有大的战事。

欲知后事如何，且听下回分解。

第五回　处暑研习老皇历　白露智灭秋老虎

几天前,处暑率大军在转塘一带准备和酷暑决战,不料不战而胜,未及交手,酷暑就率兵撤退了。处暑没再追赶,一边打扫战场,一边撰写战报,向立秋元帅汇报:转塘大捷,杭城已取得决定性胜利。立秋收到快讯,喜出望外,连忙向玉皇大帝上奏。

玉帝大喜,连连夸赞。

玉帝对立秋说:"杭城既定,说明处暑已能独当一面,况且蟠桃会事关重大,你可卸去元帅之职,改任蟠桃会筹备委员会办公室主任,元帅之位由处暑接任,爱卿意下如何?"

立秋说:"我自是听从调遣,只是处暑还年轻,怕万一出错,总要有所准备。"

玉帝说:"我会另派白露作为监军。马上宣白露上殿,命其以监军身份下凡,去处暑大营宣诏。"

白露于是马不停蹄地赶到杭城,紧急召开处暑大营领导干部大会,传达天宫的重要人事安排:免去立秋元帅之职,另予以重用;任命处暑为元帅(见习期半个月),处暑以下官兵各自论功行赏。

处暑表示,坚决拥护天宫的重大决定,在新的岗位上一定努力工作,再创佳绩。接着,处暑宣布放假三天,庆祝胜利。

酷暑那日在阵前见到处暑,知道是太上老君在使坏。他想,胳膊拧不过大腿,只好下令退兵,速速带领大军往北边去了。酷暑大军中,白云是正规军,嫡系的,自然对酷暑忠心耿耿。但酷暑为扩充实力,还收编了一支杂牌军,打头的是个叫秋老虎的家伙,这秋老虎乃绿林出身,缺乏组织纪律性，常常不按规矩出牌，没有酷暑、白云那样的政治抱负。

秋老虎对酷暑重用白云一直耿耿于怀，酷暑和立秋两军对峙时，秋老虎就常常挑拨是非，为此还受过酷暑的警告处分，秋老虎心中一直愤愤不平。

那日，秋老虎随酷暑撤退，来到西湖边一个叫"虎跑山"的地方。秋老虎看到牌子上写着"虎跑"两字，两手摸了摸大脑袋，猛然想起，这是个好地方，于是立即招呼手下快往两边跑，只一闪，就躲到虎跑山上去了。这酷暑自顾不暇，哪里还管得了这些，只得随秋老虎去了。

秋老虎率领手下喽啰在虎跑山潜伏下来后，立即派侦察兵去打探消息。侦察兵打探后回来报告，说："处暑已正式接任元帅，并且放假三天，正大张旗鼓地庆祝呢。"

秋老虎闻言大喜，只在树林里休息了一天就跳了出来，想大显身手一番。这秋老虎和景阳冈上的老虎不一样，景阳冈上的老虎是昼伏夜出，这秋老虎却是昼出夜伏，如果你们这几天午时觉得暑热难耐，那一定就是秋老虎在作怪了。三天假期结束后，处暑大营服务中心收到了很多投诉，说处暑不作为，既然肩负元帅之职，就当为民做主，降暑伏虎，以符处暑之实。服务中心主任把各种投诉稍加整理，做了个简报，向处暑做了专题汇报。处暑手下大将原本就对秋老虎恨之入骨，纷纷要求出战，清剿秋老虎。无奈，处暑自不战而胜后，研究老皇历，有点走火入魔了，倒变得优柔寡断了，口口声声说："老虎屁股摸不得，随他去吧。"

秋老虎见处暑那边没有动静，以为处暑软弱，越发有恃无恐，竟早出晚归，放肆起来了。只是苦了杭城的百姓，刚过了几天凉爽日子，又陷入了水深火热之中。

过了几天，因秋老虎肆无忌惮，民怨四起，各种小道消息满天飞，终于传到了监军白露那里。

白露听到种种议论后，大吃一惊，心想，他身为监军也有责任，不能置

第五回　处暑研习老皇历　白露智灭秋老虎

身事外,于是就去找元帅处暑商量。处暑还是认为,老虎的屁股摸不得。

白露说,这样不行。元帅和监军说不到一起去,就吵了起来。

处暑赌气,对白露监军说:"我给你三千兵马,你有本事你去对付好了。"

白露说:"那好,我不相信我连一个秋老虎都对付不了。"说完,白露就带着三千兵马到钱塘江边安营扎寨去了。

这白露也是有来历的,它表示秋天来到,天气渐渐转凉。阳气在夏至达到顶点,物极必反,阴气也在此时兴起。到了九月上旬,阴气就会逐渐加重。清晨的露水日益增多,凝结成一层白白的水滴,故名"白露"。"处暑十八盆,白露勿露身"说的就是这个道理。

白露知道,秋老虎躲在森林里,不易对付,但到了平原,老虎就无用武之地了。

白露于是吩咐手下:"第二天清晨,在露水里加些'加饭酒',从虎跑山开始,按照一定的路线,沿路在花草上洒过去。"

次日清晨,秋老虎一起来,就闻到了一股加饭酒的味道,十分高兴。原来,秋老虎喜欢喝点小酒,对加饭酒更是情有独钟。秋老虎于是沿路喝着掺有加饭酒的露水,一边吃一边走。喽啰在后面紧紧跟着他,不知不觉间,他们已经来到了温州境内一个叫平阳的地方。秋老虎及手下喽啰已吃得肚子滚圆,由于加饭酒开始发作了,他们走起路来都摇摇晃晃的。

白露率三千兵马早已埋伏在此,见秋老虎进入伏击圈,白露喊一声"打",手下全部出击。那秋老虎及手下将士连站都站不稳,哪里还有什么战斗力?只一袋烟的工夫,秋老虎的部下就全部束手就擒了,剩下秋老虎单枪匹马到处乱窜,慌不择路地来到了一个村子。不料,村里冲出一群恶犬,恶犬围着秋老虎一阵狂吠,秋老虎左冲右突,就是脱不了身。眼看后面白露的大军追了上来,秋老虎很是心急,遂大叫道:"虎落平阳遭犬欺,今日我命休矣。"

秋老虎死了,恶犬一齐上前争相撕咬,不一会儿,秋老虎就尸骨无存了。待白露到达现场时,秋老虎只剩下一些皮毛。白露一边拍照取证,一边打扫战场,事毕,即凯旋回城去了。

　　欲知后事如何,且听下回分解。

第六回　天鸽娇惯埋祸根　华南无端受重创

2017年八月下旬,处暑率队和秋老虎缠斗于杭城上空。此时,立秋虽已卸去元帅之职,但对自己亲手带出来的部队怀有很深的感情。他担心处暑年轻、缺乏经验,会吃亏,就找了个机会向玉帝进言,说华东一带酷暑残余势力极盛,特别是今年,秋老虎特别猖獗,要天宫派兵予以支援。

玉帝说:"那还不简单,反正天鸽(台风名)在这里闲着无事,就让天鸽去华东走一趟吧。"

立秋说:"如此最好不过,我马上去安排。"

天鸽是个官二代、富二代,和凡间的和平鸽不一样,和平鸽温文尔雅、讲礼貌,而天鸽从小娇生惯养,养成了目中无人的坏毛病。

天庭通知他次日出发去华东地区帮处暑一把。天鸽根本就没有把它当作大事看待,心想:"不就是去凡间走一趟吗?有什么大不了的,又不是没去过,家常便饭而已。"恰巧,那天飞鹤、神雕、大雁来天宫办事,天鸽已经好久没和他们一起玩了,就非拉着他们一起去吃晚饭,飞鹤、神雕、大雁推辞不掉,就跟着去了。

天鸽点了很多菜,还上了茅台、五粮液,飞鹤、神雕、大雁百般阻拦,说:"现在是非常时期,高档消费不太好。"天鸽连说:"没事没事,这不是公款消费,我自掏腰包消费。"

听天鸽这么说,飞鹤、神雕、大雁就没再作声。这一顿饭足足吃了两个时辰。饭毕,天鸽意犹未尽,一定要带着飞鹤、神雕、大雁去歌厅唱歌,飞鹤、神雕、大雁半推半就地去了。

之后,天鸽还不肯罢休,又提出要去棋牌室打几圈麻将,飞鹤几个提醒道:"时间不早了,老兄你明日一早还要带兵出征呢。"

天鸽脸色一沉,说:"那算个什么事啊,你们不陪我玩是不是看不起我?"

无奈,飞鹤、神雕、大雁只好又跟着天鸽去打麻将了。开始时,飞鹤三个让着天鸽,谁知,天鸽以为自己牌技了得,竟羞辱飞鹤、神雕、大雁,说他们没用,飞鹤三个气不过,就不管那么多了,亮出了真本事。

天鸽打麻将的技术本来就不好,又喝了那么多酒,飞鹤、神雕、大雁虽然也喝了酒,但还是有所保留的,因此头脑比天鸽清醒多了。几圈麻将打下来,结果可想而知,天鸽输得那个惨啊!

当天鸽听牌时,坐对面的神雕却自摸了;天鸽好不容易做了一副七对子,坐上位的飞鹤又拦胡了。天鸽越玩越心浮气躁,越输越不肯罢手。

一直到天色放亮,天鸽才想起出征的时间到了,就对飞鹤他们说:"你们在天宫多住些日子,待我去下面走一趟,回来再和你们战斗。"说完,天鸽就急匆匆地出去了。

等天鸽来到营地时,他的队伍早就集结完成,只等天鸽前来率队出发。天鸽从副将那里拿过命令书,看也没仔细看就带着部队直奔凡间去了。命令书上写得清清楚楚,这次天鸽的目的地是华东,主战场是杭州一带。但天鸽整个晚上都在喝酒、唱歌、打麻将,一夜未睡,现在还头昏脑涨呢。路过华南,到达珠海上空时,天鸽睡眼惺忪,觉得这里和杭州有点像,就命令大部队在这里登陆。因为晚上输得惨,为了出一口怨气,天鸽就耍起了性子,发一次狠,把整个珠海及周边一带搅了个天翻地覆,还去香港、澳门转了一圈。

等到天宫发觉情况不对,紧急要求天鸽立即停止行动时,天鸽才意识到他既搞错了地方,又用力过猛了。然而,为时已晚,天鸽只好垂头丧气地带着队伍急忙返回天宫。

这次台风登陆,给华南一带带来了重创。天鸽犯了天条,天宫朝野震动。

玉帝大怒,天鸽一回到天宫即被剥夺兵权,关入了天牢。玉帝及时成立事故调查组,太白金星任调查组组长。两天后,调查结果就出来了,事故造成的损失非常惨重。调查组马上对天鸽进行了隔离审查,查来查去,发现天鸽的主要问题是玩忽职守,生活作风问题倒没有。

至于违纪方面的问题,那就多了,包括大吃大喝、进出高档会所消费、聚众赌博,还连带飞鹤、神雕、大雁受到了不同程度的处分,说他们跟着天鸽胡闹、阻止不力。

天鸽对玩忽职守罪是认可的,但对违纪问题表示不服,说没有相关的规定。调查组于是拿出天宫的相关文件给天鸽看,有天宫2005第11号文、天宫2006第18号文、天宫2014第8号文。

上面写得清清楚楚、明明白白,天鸽看到白纸黑字都写着,有些文件上还有自己"已阅"的签名,也就心服口服了。至此,天鸽悔恨得一把眼泪一把鼻涕,只怪自己平时不注意学习,以至于放松了对世界观的改造,给人类带来了不可挽回的重大损失,损害了天庭的美好形象,现在悔之晚矣。

调查组将调查结果和处理意见上报玉帝。玉帝批示:要把天鸽作为反面教材的典型,举一反三,在天庭举行一场教育活动。

欲知后事如何,且听下回分解。

第七回　织女下界遇牛郎　牛郎上天献情诗

天宫深处有这样一家人,男主人叫牛郎,女主人叫织女。他们虽然是一家子,但两地分居。牛郎住在天河的东南边,织女住在天河的西北边。这是怎么一回事呢？这其中有个美好的故事。牛郎本是天上的牵牛星,织女是王母娘娘的女儿,封为织女星,织女和牵牛星情投意合、心心相印。可是,天条律令是不允许男欢女爱、私自相恋的。

于是,王母便将牵牛星贬下凡间,还命织女不停地织云锦以作为惩罚。牵牛星被贬下凡间后,生在一个农民家中,取名"牛郎",以养牛为生。

织女自牵牛星离去后,常常以泪洗面,愁眉不展地思念牵牛星。有一天,几个仙女恳求王母娘娘让她们去人间的碧莲池旅游。王母娘娘那天心情很好,便答应了她们。织女也跟着仙女们一起去了。

织女这一去,就遇到了牛郎,并且认出牛郎正是她日思夜想的牵牛星。于是,织女留在人间结婚生子,与牛郎你耕田来我织布,相亲相爱过日子。牛郎、织女以为能够这样终生相守,白头到老。天庭可不允许这样的事发生,就派天神捉拿织女回天庭问罪。牛郎带着两个儿女追来,眼看就要追上。可是,王母娘娘此时驾着祥云赶来了,她拔下头上的金簪,在牛郎和织女中间一划,一条波涛滚滚的天河横在他们中间,牛郎即使本领再大也无法越过天河。

织女望着天河对岸的牛郎和儿女们,哭得声嘶力竭。牛郎和孩子也哭得死去活来。王母娘娘见此情景,于心不忍,便同意牛郎和孩子们留在天上。每年七月初七,他们可以相会一次。

从此，牛郎和他的儿女就住在了天河的东南边，隔着一条天河，和住在西北边的织女遥遥相望。

　　在秋夜天空的繁星当中，银河两边有两颗较大的星星晶莹地闪烁着，那便是织女星和牵牛星。有两颗小星星和牵牛星在一起，那便是牛郎织女的一儿一女。

　　牛郎织女相会的七月初七，成群的喜鹊会飞来为他们搭桥。

　　鹊桥之上，牛郎织女团聚了。织女和牛郎深情相对，有很多的话要说，有无尽的情意要倾诉。

　　今年的七夕又到了，织女和牛郎照例相会于鹊桥。这一次，牛郎打破常规，既没有给织女带吃的，也没有给织女带玩的，而是别出心裁地给织女写了一首诗：

　　　　阑珊星斗缀珠光，
　　　　七夕织妹乞巧忙。
　　　　若有诗词藏于心，
　　　　岁月从此不彷徨。

　　织女看了后，掩面笑道："牛哥，一年不见，你怎么变得这样酸溜溜的。"

　　牛郎说："妹妹有所不知，我赋闲在家，无事可做，除了思念妹妹，就是看看电视。近来，诗词大会、朗读者等节目走红。我看得多了，就学了点皮毛。"说着，牛郎又随口吟了两句："我懂你的意味，你明我的深情。"

　　织女忍俊不禁，笑着责怪道："你就不能来点实在的？"

　　牛郎说："我也不知道什么是实在的，反正我愿做你的小火车，永远不出轨。"

　　织女说："那我愿做你的美人鱼，永远不劈腿。"

　　牛郎说："走得再远也不能忘记为什么出发。"

　　织女说："那你就不忘初心、继续前进吧。"织女说着竟呜呜地哭了起来。

牛郎大惊,忙问其故。

织女嗔怪道:"我们一年只能见一次,说这些有什么用,你难道就甘心过这样的日子,没有其他的想法吗?"

牛郎说:"想法当然是有的,我读给你听听,

'趁着夜色到来之前,

我和你手拉着手,

带着花草的气息,灌入肺腑的舒畅。

天顶的气温很低。

一阵风吹过,

默默将提前准备好的外套裹好。

天色渐渐地沉了下来。

两个人窝在小帐篷里,等待星光亮起。

这是一个晴朗的夜晚,耿耿星河如期而至。

抬起头,天空很近,仿佛触手可及。

不远处的风车隐隐显露出幽暗的轮廓。

轻轻碰杯,喝一口清酒,微醺的暖意升起。'

这就是我想要的。"

织女被感动了,对牛郎说:"牛哥,这么多年过去了,天神对我们的管理也放松了,我们找个机会逃出天宫到凡间去吧,继续过你耕田来我织布的生活吧。"

牛郎说:"妹妹有所不知,现在凡间不同以前了,现在基本不用牛耕田了,也不用人工纺纱织布了。我们两个只会耕田织布,其他的都不会,怕是连自己都养活不了,更何况还要养一对儿女。"

织女说:"不会有什么关系,不是可以学吗?牛哥原来大字不识几个,现在不照样学会吟诗作文了。"

牛郎想想也对，但仍有疑虑，说："妹妹，我看到下面的人个个手上都拿着一个机子，可以说话、听歌，还可以付钱，不知道是什么劳什子有这么大的本事。"

　　织女说："那是手机，可以打电话、玩微信、淘宝购物、刷支付宝，可方便了。"

　　牛郎说："那我们下去干什么好呢？现在房价那么高，学区房那更不得了啊。"

　　织女想了一会儿，突然哈哈大笑起来。牛郎呆呆地看着织女，不知所措。

　　织女说："有办法了，现在下面不是在追星吗？我们两个也算明星了，用不着包装就有轰动效应，再来几句黄梅戏《天仙配》，到处去走走穴，不要太赚钱哦。"

　　牛郎听到这里，不禁拍手叫好。

　　接下来，牛郎织女要商量一个万全之策，让他们可以安全地离开天宫，重返人间。

　　欲知后事如何，且听下回分解。

第八回　蟠桃会立秋担纲　选寿桃奉化中标

给王母娘娘庆祝生日,是天宫一年一度的大事。其中,蟠桃会又是庆典的重中之重。

玉帝极为重视,所以特地将在前线挂帅的立秋调了回来,让他和立春、立夏、立冬一起组成筹备委员会办公室,由立秋任主任。

关于主任人选,太白金星专门问过玉帝:"为什么春、夏、秋、冬中,独选立秋为主任?"玉帝说:"这四位都不错,但立春易躁动,立夏太燥热,立冬又太内敛,比较起来,立秋则显得更庄重、大气。明天筹备委员会办公室要开第一次会议,你去宣布一下吧。"太白金星连声说好。

第二天上午,蟠桃会筹备委员会办公室第一次会议在天宫凌霄殿二号会议室召开。太白金星在会上宣读了任命书,立秋任蟠桃会筹备委员会办公室主任,立春、立夏、立冬任蟠桃会筹备委员会办公室副主任。太白金星代表天宫组织部门做了讲话。

他说:"立秋是个老同志,有丰富的工作经验,既能带兵打仗,又善于搞经济工作。政治立场坚定,有大局观,善于团结同志,不搞小团体,办事公正,清正廉洁。立春、立夏、立冬三位同志也是老资格了,又各有特长。玉帝把这么重要的工作交给你们,是对你们的肯定与信任,你们一定要团结一心,协同工作,切实把蟠桃会办好。"

立秋代表班子成员做了表态发言:"感谢玉帝的培养与支持,也深感肩上的责任很重。我一定会和班子成员一起努力工作,坚决把这次蟠桃会办得有声有色,请玉帝放心,请金星放心。"后来,太白金星先走了。接下来的会议由立秋主持。

第八回　蟠桃会立秋担纲　选寿桃奉化中标

立秋一上来就列出了接下来要做的几件大事,比如会议时间、会议规模、会议地点、参会人员、职务规格、经费预算、主持人、主席台成员及座次安排、发言人及发言词、广告语、请柬、宣传报道、交通和食宿安排、纪念品,等等。经过大家的充分讨论,这些事都一一得到了落实。

当讨论到会议的由来时,立秋问大家:"为什么做寿要用鲜桃？王母娘娘做寿为何必办蟠桃会？"

众仙皆摇头,表示不甚了解。立秋于是给大家解释了一番。鲜桃的原产地在中国。那里的人们给老年人祝寿时常常送上一盘鲜桃,以祝福老人健康长寿。

为什么鲜桃代表健康长寿呢？

相传,在战国时期,年轻时的孙膑远离家乡,拜鬼谷子学习兵法。这一去就是十二年,忽有一日想起家中老母八十岁寿诞,于是准备回家为老母祝寿。

恩师鬼谷子知道此事后,特意准备了一些桃子给孙母,作为寿礼。孙膑的老母亲收到寿桃后,老态逐渐消退,变得精神焕发起来。

从此,寿桃就成为象征长寿吉祥的寿礼。做寿吃鲜桃这一习俗就这样流传了下来。

立秋接着说:"我们这次的庆典不是让各位宾朋来吃餐饭、拿份纪念品就了事,一定要办得有文化特色,在座的各位可记得有关桃花的诗文？"

立春马上吟了一首:"去年今日此门中,人面桃花相映红。人面不知何处去,桃花依旧笑春风。"

立夏接着也吟了一首:"李白乘舟将欲行,忽闻岸上踏歌声。桃花潭水深千尺,不及汪伦送我情。"

立冬不甘落后,也来了一段:"忽逢桃花林,夹岸数百步,中无杂树,芳草鲜美,落英缤纷……"

立秋说:"其实三千多年前的《诗经》里,就有'桃之夭夭,灼灼其华'的描写,这说明我国的桃文化源远流长。"

众仙皆点头称是。

立秋眼看时近中午,就宣布上午的会议结束,下午二时继续开会讨论。

下午,会议一开始,立秋主任就开门见山地提出,接下来讨论的主要内容是这次庆典采用哪个品牌的鲜桃的问题。

桃子有北方品种群,有南方品种群。品种有水蜜桃、蟠桃、黄桃、油桃、毛桃、久保桃等,经过认真比较、争论后,最终,大家意见一致,倾向于选择奉化水蜜桃作为这次庆典的鲜桃。因为奉化水蜜桃富含蛋白质、脂肪、糖、钙、磷、铁和维生素B、维生素C及大量的水分,对由于慢性支气管炎、支气管扩张症、肺纤维化、肺不张、硅肺、肺结核等出现的干咳、咳血、慢性发热、盗汗等都有一定的疗效,具有养阴生津、补气润肺的保健作用。

立春补充道:"南宋奉化人陈著有诗云,'满山药味增新色,夹岸桃花胜旧年'。"

立夏说:"奉化诗人汪伦写有'溪上栽桃满洞花,洞门石壁掩丹霞'。"

立冬说:"因奉化产的水蜜桃品质优良,取'琼浆玉露'之义,故名'玉露水蜜桃',自此,'奉化水蜜桃'的名产历史开始,至今已有几百年了。"

立秋见大家都说得差不多了,就清了清嗓子,示意大家静下来,做了总结发言。立秋说,奉化种植水蜜桃的历史可以追溯到两千年前。早在汉明帝永平五年(公元62年),剡县刘晨、阮肇共入四明山,取谷皮,迷不得返。经十日,粮食乏尽,饥馁殆死。后来,他们在山上发现了桃树,食桃充饥,才免于饿死。可见,奉化一带桃树栽培历史之悠久。奉化水蜜桃具有果形美观、色泽鲜艳、皮薄易剥、肉质细软、入口易溶、汁多味甜、香气浓郁等特点,被称为"中国水蜜桃中最有名的品种"。桃子专家也一致认为,奉化水蜜桃品质为全中国之最,堪称中国第一桃。因此,现正式确定奉化水蜜桃为庆典用桃,并指示第一秘书尽快写出有关奉化水蜜桃的总结材料,经筹备委员会主任会议审定后上报;同时交代第二秘书整理出本次会议纪要发各部、委、办、局。

会议在热烈的掌声中结束。

欲知后事如何,且听下回分解。

第九回　失先机处暑让贤　得聪慧白露挂帅

白露一战成名,使用调虎离山之计将秋老虎从虎跑山引诱到平阳境内,一举围歼,大获全胜。当然,平阳犬也帮了大忙。

消息传到天宫后,朝野震动,人们交口称赞。唯独处暑心里有点不好受,寻思道:"我身为元帅,没有在前线冲锋陷阵,捉拿秋老虎,反而处处为难白露,现在白露功成,我还有什么脸面,我这个元帅半个月的见习期也快到了,与其到时被免职,不如主动让贤。"经这么一想,他马上打了辞职报告给天庭。

玉帝接到太白金星呈上来的处暑的辞职报告后,急忙把立秋找来。

玉帝说:"处暑是你的老部下,跟随你多年,他当元帅也是你推荐的,客观地说,处暑平定酷暑、镇守杭城,立了大功,在处理秋老虎的问题上有些不够果断,贻误了战机,好在我派白露监军,及时解决了秋老虎,才没有酿成大的系统性风险。现在处暑提出辞职,元帅之位他的确不适合。但处暑是个人才,如何安排他的新工作?我想听听你的意见。"

立秋说:"玉帝说得极是,足见您对后辈的关怀爱护。至于处暑的新岗位,我想去正面了解一下。"

玉帝点头应允。立秋出来后找了个僻静处,给处暑打了个电话,把玉帝的意思婉转地和处暑说了,问处暑有什么想法。

处暑说:"我在前线待得时间长,打打杀杀的也看得有点烦了,现在我在研究老皇历方面有点心得,接下来想专心搞学术研究。"

立秋说:"你不用多说了,我心中有数了。"

几天后,天宫新成立了一个皇历文化研究院,处暑为首任院长,处暑的元帅之位由白露接任。

　　白露提前接任元帅之位,上任之日定于九月一日。白露文化底蕴极其深厚,他一上任,学校就开学了。学生也上学读书去了,不再整天捧着手机玩游戏了。没过几天,教师节也到了。白露一来,温度明显降低了,水汽在地面或近地物体上凝结成水珠。老百姓明显感觉到炎热的夏天即将过去,凉爽的秋天将要到来。虽说有时白天的温度仍然可达三十几摄氏度,可是一到夜晚就下降到二十几摄氏度,温差达十多摄氏度。

　　俗话说得好:白露白迷迷,秋分稻秀齐。意思是说,若白露前后有露,则晚稻将有好收成。所以白露驻守杭城,百姓无不欢欣鼓舞,拍手叫好。

　　白露本是农家出身,从小聪慧懂事。某年夏日,天气炎热,七岁的白露跟着父亲爬了一天山,又累又渴,见山脚有一小店,急忙奔入店内。

　　白露父亲问:"老板,有啤酒吗?"

　　老板答道:"有啊,客官要几瓶?"

　　白露父亲问道:"价钱几何?"

　　老板说:"每瓶两元,每两个空瓶可换一瓶,每四个瓶盖可换一瓶。"

　　白露父亲摸摸口袋,只剩十元钱,就对老板说:"拿五瓶上来吧。"

　　白露知道父亲酒量大,就对老板说:"五瓶太少,拿二十瓶吧。"

　　父亲朝白露挤挤眼,意思是没有那么多钱。

　　白露说:"父亲尽管放心喝就是,到时我自有办法。"

　　老板看白露和他父亲穿着破烂,满头大汗,有点犹豫。

　　白露拍拍口袋,对老板说:"你还怕我们不给你钱不成? 快上酒。"

　　老板有点不情愿地将二十瓶啤酒放在桌上。

　　白露父亲于是急不可耐地喝了起来,不到一个时辰,就将二十瓶啤酒喝了个精光。

　　白露父亲低声说:"老板算账。"

　　老板:"客官,请付四十元。"

白露大叫："你这黑店，欺负我父亲喝醉了吗？给你二十个空瓶，抵十瓶；二十个瓶盖，抵五瓶；还差五瓶，付你十元。"白露一边说一边将十元钱往桌子上一放，"我们不差钱，不会少你一毛钱。"说完，白露大摇大摆地拉着父亲走了，留下老板一人在那目瞪口呆。

白露上任时，江南部分地区出现了秋旱，有些地方还发生了森林火灾。夏旱、伏旱加上秋雨迟迟不下，就形成了夏秋连旱。

谚语有云："春旱不算旱，秋旱减一半。春旱盖仓房，秋旱断种粮。"秋季降水本来就偏少，如果出现严重秋旱，不仅影响秋季作物的收成，而且会延误秋播作物的播种和出苗生长，从而影响来年的粮食产量。伴随着秋旱，山地林区空气更加干燥，风力加大，秋季森林火险开始进入高发期。白露体恤民情，就装扮成农夫，带着两个贴身侍卫下乡考察去了。

白露来到湖州地界，只见烈日下许多农民在辛勤劳作。白露对身边的侍卫说："锄禾日当午，汗滴禾下土，谁知盘中餐，粒粒皆辛苦。我以前在天宫读书，经常读到这首诗，但从来没有实际感受过，只有身临其境，才会有切身体会。"

这时，迎面走来一个老农，白露问他在忙些什么。老农说："白露谷，寒露豆，花生收在秋分后；白露种高山，秋分种平川，我现在正要去山上种菜呢。"

白露问他现在最需要什么。老农回答："白露见湿泥，一天长一皮。今年有些干旱，现在最缺的自然是雨水了。"

白露默默记在心里，回到大营，连夜写了一份调研报告，分析了现在夏秋之交的农事现状，既肯定了天下的大好形势，又指出了存在的问题，还提出了解决问题的方法与建议。

待报告写好，天已破晓，黎明将至。

白露吩咐卫兵将报告快速寄到天宫去。

欲知后事如何，且听下回分解。

第十回　白元帅治军有方　庞先生投诉无效

　　白露自接任元帅后,命令军队继续驻扎在杭州城郊转塘一带。白露认为,军队还是要以备战为主,所以严令各部加强军事训练,随时做好战斗准备,在备战的同时,也要注意抓文化学习,抓生产自给,抓军民关系。白露深知"军民团结如一人,试看天下谁能敌"的道理。为此,白露指示相关部门认真学习三大纪律八项注意,号召官兵学习南京路上好八连:"拒腐蚀,永不沾"。

　　白露本就有深厚的文化底子,现在有机会长驻转塘,而转塘有中国美术学院、浙江音乐学院等一批顶尖的高等学府,这令白露心花怒放。白露不光自己学习、参与社会活动,还鼓励手下将士在完成军事工作的前提下,多参与当地的文化建设,多学一点本领,一方面能提高自身的文化素养,另一方面,如能学得一技之长,转业后找个新工作也有选择的余地,处暑就是最好的证明。

　　在白露的带领下,全军精神面貌焕然一新,军事建设、文化建设、生产建设都达到了一个新的高度,受到了天上和天下的一致好评:天上,天宫经常发来贺信贺电,祝贺白露部队取得新的成绩;天下,杭城居民组成的慰问团、采访组、共建办、文艺宣传队陆续到来,呈现一派繁荣兴旺的景象。

　　然而,天宫有关部门有一天突然收到了一封举报信。信是由人间的庞先生发来的,举报白露违犯天条,应该受罚。具体内容主要有四点。一是谎报军情,犯欺君之罪。秋老虎被歼军情不实,他只是暂时离开,每年都会回来。二是无视《野生动物保护法》,猎杀珍稀动物。三是破坏生态平衡,老虎是森林生态系统食物链中的重要一环,怎能灭绝?四是违反和平共处五项原则,应以"战犯"惩处。天庭祖宗早就定下"人法地、地法天、天法道、道法自然"的万物和平共处原则。

有关部门领导看到举报信有根有据,不敢耽误,马上向太白金星汇报。

太白金星说:"既然是实名举报,那就先了解清楚举报人的背景再说,不要惊动举报人,要从侧面了解,还要做好保密工作。"有关部门领导于是立即派下属下去了解情况。

这位庞先生从小勤勉好学、热爱劳动。小学二年级放暑假时,小庞因忙于为家里干农活,连老师布置的家庭作业都忘记做了,开学后去上学的路上才想起作业还没做,怎么办?小庞灵机一动,抓了把污泥往脸上、身上一抹,接着,一把眼泪一把鼻涕地往学校赶。

老师问他:"你怎么了?"

小庞说:"开学了,我心里高兴,走得急,掉到沟里去了。"

老师问他有没有受伤。

小庞说:"我没事,就是暑假作业全掉沟里了。"

老师笑笑说:"你的套路比沟还深啊!"

小庞长大后,通过不懈的努力,在哲学、法律、经济等多方面都有研究,还主攻道学,兼修儒佛,颇有心得。

太白金星得知这些情况后,觉得此事重大,不能等闲视之,而白露是玉帝的得意门生,因此不可轻举妄动。太白金星于是找了个机会向玉帝提到了这件事,没想到玉帝态度很坚决,说:"查,不管涉及谁,他的职位有多高,只要违反了天条,都要一查到底。不要冤枉了一个好神,也不要放过一个坏神。"

有了玉帝的指示,接下来,事情就好办了。有关部门立即组织了一个调查组,赶赴浙江调查取证。

不一日,调查结果就出来了,针对举报信中列举的四条罪状,调查组认为:秋老虎在平阳被歼是事实,有人证、神证、物证。秋老虎被歼后那几天异常闷热,是秋老虎留守在虎跑山的残余势力在作怪。后来,喽啰知道主人已死,也带着其他士兵逃走了。至于秋老虎每年回来一事,这是天地万物因果轮回的结果,这不是白露要考虑的问题,所以说白露谎报军情、犯欺君之罪是不成立的。

第二条,《野生动物保护法》是人间制定的,现在天上、天下律法还没统一。天宫到处都是野生动物,像秋老虎这样的害人精也不算珍稀动物,况且在这之前已有先例,打虎的武松还被尊为英雄呢。白露打胜仗受到奖励也有先例可循。也就是说,这一点也和白露没关系。

第三条和第二条的情况类似,都是天上、天下环境不同,理解不同引起的误会。至于第四条提到的和平共处,还有天地、道法、自然之间的关系,是很有道理的,今后,天庭要加以重视。但白露是军人,服从命令是军人的天职,除恶务尽是他的本职工作。

因此,调查组建议不对白露进行追究,但提醒白露今后要注意工作的方式方法,多在宣传报道上下功夫,以免引起人们的误会。调查报告最终呈报到玉帝那里。玉帝很欣慰,并说道:"相关部门领导做好举报人的解释工作,不要挫伤了他们的积极性,我们的队伍驻扎在那里,一定要搞好和当地居民的关系。"

欲知后事如何,且听下回分解。

第十一回　游西湖参谋述景　叠字句副将吟诗

白露驻扎于转塘上空,一边整顿军备,除害保境;一边体恤民情,下情上达。只半月时间,转塘一带就政通人和。

酷暑已成过去时,秋老虎残余也已基本被剿灭,万物生机益然,百姓安居乐业。白露忙了一阵子,安排好内外事务,终于可以松一口气了。

双休日到了,白露才想起自己来杭州多日,还没有好好地欣赏杭州的美景。白露原来也听说过"上有天堂,下有苏杭",天堂,白露当然很熟悉了,但对苏杭知之甚少。他一直很向往,苦于没有机会。现在,天庭派他镇守杭城,这不是天赐良机吗?白露于是找来当地的报纸、杂志、宣传册,想先了解一些基本信息。

杭州,简称"杭",是浙江省省会、副省级城市,位于中国东南沿海、浙江省北部、钱塘江下游、京杭大运河南端,是浙江省的政治、经济、文化、教育、交通和金融中心,长江三角洲城市群中心城市之一、长三角宁杭生态经济带节点城市之一、中国重要的电子商务中心之一,现已成为新一线城市。杭州不仅是一个风景秀丽的美丽城市,更是文化古城、历史古城。杭州西湖以秀丽的湖光山色和众多的名胜古迹闻名中外,是中国著名的旅游胜地。西湖的美在于"晴天水潋滟,雨天山空蒙"。无论是雨雪晴阴,还是朝霞晚辉,都能变幻成景;在春花、秋月、夏荷、冬雪中,西湖都各具美态。湖区以苏堤、白堤的优美风光著称。

白露看得心痒痒的,就把一个参谋叫来询问情况。白露知道这个参谋祖籍杭州,他虽在天宫任职,但常回来探亲。白露问他:"**我想趁双休日去西湖游玩,如何安排为好?**"

第十一回　游西湖参谋述景　叠字句副将吟诗

参谋回答:"这西湖有老十景、新十景、新新十景。老十景是苏堤春晓、平湖秋月、曲院风荷、断桥残雪、柳浪闻莺、花港观鱼、双峰插云、三潭印月、雷峰夕照、南屏晚钟;新十景是云栖竹径、满陇桂雨、虎跑梦泉、龙井问茶、九溪烟树、吴山天风、阮墩环碧、黄龙吐翠、玉皇飞云、宝石流霞;新新十景是灵隐禅踪、六和听涛、岳墓栖霞、湖滨晴雨、钱祠表忠、万松书缘、杨堤景行、三台云水、梅坞春早、北街梦寻。元帅想先去哪里呢?"

白露一下子听到这么多美景,哪里记得住呢,就说:"我们明天就从转塘出发,一路玩过去吧,看到哪里算哪里。你去通知张、李、王、赵、陈五位副将,让他们明天随我一起去吧。"

第二天一早,白露领着五个副将,由参谋带路,游西湖去了。出发时,白露布置了一个任务,就是每个副将游玩后都要上交一首有关西湖美景的诗,并且诗中要用叠字句。五副将信誓旦旦:"保证完成任务。"白露一行个个都是天神,本领高强,会腾云驾雾,不怕堵车,也不用排队,游起来自然就快。只一日,他们就把西湖几十景游了个遍,天黑时就回到了转塘大营。

五副将果不食言,都把自己写的诗交了上来。

张副将的诗是这样写的:

　　　　重重叠叠山,叮叮咚咚泉;
　　　　弯弯曲曲路,高高下下树;
　　　　林林总总花,郁郁葱葱草;
　　　　淅淅沥沥雨,花花绿绿伞;
　　　　飘飘洒洒雪,呼呼啸啸风;
　　　　实实在在神,老老实实事;
　　　　洋洋洒洒文,形形色色画;
　　　　高高兴兴来,快快乐乐去。

李副将的诗是这样写的:

天空蓝蔚蔚，

云过轻飘飘，

柳丝垂依依，

荷花美艳艳，

飞鸟千色色，

鱼儿羞答答，

车子静悄悄，

游神爽歪歪。

王副将的诗是这样写的：

走在曲曲折折的小道上，

路旁高高低低的乔木林，

观看错错落落的灌木丛，

欣赏绚绚丽丽的花和草，

听着悠悠扬扬的乐曲声，

闻着袅袅绕绕的清香味，

望着缥缥缈缈的白云飞，

吹着轻轻软软的初秋风，

说着念念叨叨的吴越语，

想着和和美美的乐生活。

赵副将的诗是这样写的：

翠翠红红处处莺莺燕燕，

风风雨雨年年朝朝暮暮，

山山水水处处明明秀秀，

晴晴雨雨时时停停下下。

陈副将的诗是这样写的：

旭日冉冉升，

第十一回　游西湖参谋述景　叠字句副将吟诗

　　　　江水滔滔流，
　　　　高楼林林立，
　　　　风筝翩翩飞，
　　　　花儿朵朵开，
　　　　小草茂茂长，
　　　　我自款款走，
　　　　乡思油油生。

白露仔细看了，并一一做了点评。
欲知后事如何，且听下回分解。

第十二回　钱部长渊源深厚　通讯员作词采风

双休日时,白露带着帐下五个副将去西湖边三十多个景点游玩了一趟。回营后,五副将都按要求上交了叠字诗。白露左看看右瞧瞧,也分不出高下,就去找宣传部的领导商量。

宣传部的领导姓钱,白露听说过,钱部长是吴越国王钱镠的后代。昨天,白露游西湖时还特意去了钱王祠,拜谒钱王像。

钱镠出身平民,在唐末五代中原扰攘之际,割据一方,在杭州建立了吴越国,吴越国是当时的十国之一。

太平兴国三年(公元978年),其孙弘俶举旗归宋,纳土国除,统治两浙八十余年,在位期间,曾发动民众与军士筑杭州城,周围七十里;开凿钱塘江中罗刹石,便利航行;筑杭州城外捍海石塘,上起六和塔,下抵艮山门;又置都水营田使,专管农田水利,以士卒数千人为撩浅、撩清、撩湖兵,以开浚淤塞;在太湖流域,凡一河一浦,都建堰闸,以时蓄泄,不畏旱涝,并建立水网圩区的维修制度,对保障一方人民与发展农业经济起过很大的作用。

钱镠的保境安民国策为江浙地区的安定和发展做出了重要贡献。钱镠晚年习书法,擅长隶书,传世真迹有《题钱明观桥记》《慈云岭题名》《墨帖》等。

杭州居民为纪念钱氏三世五王的历史功绩,在西子湖畔专门兴建了钱王祠。钱王祠现已成为西湖边的名胜古迹之一。

当代钱学森、钱伟长、钱三强、钱正英、钱其琛、钱君陶、钱致榕、钱复等名人都是钱王的后裔。白露现在明白了,天庭安排钱部长来负责宣传

第十二回　钱部长渊源深厚　通讯员作词采风

部是有深意的。钱部长听完白露元帅的介绍，哈哈大笑道："竟有这么巧的事，我正要向元帅汇报呢。"

白露忙问其故。原来，钱部长一到白露大营的宣传部报到，就安排宣传部的通讯员去采访，以了解杭州及周边地区的风土人情，要求他们回来后统一填一首词上交。

各位通讯员也都将他们写的词交了上来。钱部长正在看通讯员写的词，白露过来了。钱部长就将通讯员写的词交给白露审阅，白露接过来后快速地浏览了一遍。

一号通讯员从游西湖写到全杭州："西子湖畔，白堤秀丽，苏堤妖娆。游里外西湖，柳丝依依；雷峰塔下，桂香袅袅。平湖秋月，曲院风荷，试与天仙比妩媚。蒙雨天，看保俶烟云，别有情境。还看钱江两岸，奥体莲花日月同辉。今临安青山，余杭临平；淳安千岛，建德白沙。桐庐瑶琳，富阳春江，更有萧山大江东。忆江南，最美是杭州，天上人间。"

二号通讯员去了钱江新城，这样写道："秋走江边，之江东去，城市阳台。观钱潮汹涌，大气磅礴；船行东西，桥贯南北。运河相连，隧道沟通，钱江新城耀两岸。望江南，奥体莲花碗，何等壮观。迎来游客如潮，看峰会盛宴灯光秀。环金球剧院，日月同辉；音乐喷泉，仙居天台。奥特莱斯，东方润园，江干滨江齐奋进。遥相应，最忆是杭州，人间天堂。"

三号通讯员去了大运河杭州段，这样写道："杭州运河，北起塘栖，南至钱江，始凿于春秋，历史沧桑；白墙粉黛，市井百态。跨广济桥，长虹卧波，天下粮仓数富义。拱宸桥，桥西文化街，今非昔比。凤山水城遗址，说正阳门外跑马儿。上塘河古道，漕船通达；中河蜿蜒，铺肆毗连。烟柳画桥，风帘翠幕，西兴过塘行码头。江河汇，任清风拂面，心旷神怡。"

四号通讯员不走寻常路，他去了花木市场，这样写道："迎春花开，桃红柳绿，红杏出墙。李梨闹春风，石榴花陪；樱花含笑，油菜花伴。采月季花，摘杜鹃花，玉兰并开姐妹花。芙蓉花，牡丹倾国色，荷桂争艳。紫荆紫薇紫藤,赛过薰衣含羞薄荷。扶桑仙客来,茶花茉莉;凌霄栀子,赠人玫瑰。百合合欢,瑞香木香,梅花佛子牵牛花。君子兰,天门勿忘我,四季海棠。"

五号通讯员游唐诗之路,一路游到了嵊州:"我在嵊州,剡溪东流,娥江北去。看四明山下,枫红如霞;西白山上,峰峦叠嶂。南山水库,百丈飞瀑,崇仁古镇小黄山。蒙假日,游唐诗之路,书法朝圣。还观浙东峡谷,东南山水越地风光。今三江鹿山,浦口剡湖;甘霖长乐,石璜通源。三界谷来,北漳黄泽,更有仙岩金庭观。寻越剧,发源在剡地,誉满寰中。"

六号通讯员沿着钱塘江,一路追到了新安江:"来到建德,新安江上,千岛湖下,看白沙梅城,七里扬帆;新叶古村,十里荷花。大慈岩峭,灵栖洞天,千岛湖上好运岛。来情人谷,游玉泉寺,葫芦峡漂流。水电站雄伟,三江两岸严州为首。锦峰绣崛岭,山水之乡;洋溪更楼,下涯莲花。乾潭钦堂,三都大洋,寿昌航头杨村桥。严东关,五加皮故乡,李家大同。"

白露看了前面六个,还没有看完就禁不住笑了起来。钱部长问:"元帅为何发笑?"白露说:"我初看了这些词,意境倒是有一些,但既然是填词,就要讲究押韵和格律,比如平仄仄等韵律,这些还是欠缺了些。"

钱部长说:"可不是嘛,但我想我们也不能要求太高,我们这些通讯员都是刚从天上下来的,没学过汉语拼音,说实在的,连发音都不准,一口天空腔,哪里还谈得上平仄仄呢?"

白露想想也对,对钱部长说:"杭州是一个历史文化名城。为了更好地维系军民关系,有必要在部队中开展文化教育活动,先从学好汉语拼音做起,让每个人都讲好普通话,对于有能力的,鼓励他们学学杭州话。"

钱部长一一记了下来,不停地点头称是。

欲知后事如何,且听下回分解。

第十三回　岳高参引经据典　白元帅融会贯通

　　下午快下班时，秘书来向白露元帅汇报工作，汇报结束时提到，晚上大礼堂有一场军事理论宣讲会，问白露元帅去不去。白露想想，晚上也没有其他大事，就说："去听听也好。"

　　晚七时，宣讲会准时开始。主讲人是白露部所属的参谋长。参谋长姓岳，有传言说他是岳飞的后代，有人向他当面求证，他只是笑笑，不置可否。也有传言说他和岳不群有关系，他马上出来辟谣，说："岳不群是华山派掌门，号称'君子剑'，实乃伪君子。他只是金庸小说《笑傲江湖》中的一个虚构人物，我和他没有半毛钱关系。"

　　这岳参谋长确实名不虚传，对军事理论颇有研究，讲起来引经据典，滔滔不绝，从天上的托塔天王、二郎神，说到地上的孙膑、诸葛亮；从国外的拿破仑、巴顿将军，说到国内的叶挺、刘伯承。但岳参谋长讲得最多的还是毛泽东。岳参谋长说："在中国，毛泽东军事思想是中国军队的建军之魂、立军之本、制胜之道，是中国国防和军队建设的根本指导思想，是关于当代中国革命战争和军队问题的科学理论体系，是马克思列宁主义普遍原理与中国革命战争实践相结合的产物，是中国革命武装斗争历史经验的总结，是中国共产党集体智慧的结晶，是毛泽东思想的重要组成部分。毛泽东的《中国的红色政权为什么能够存在？》《井冈山的斗争》《抗日游击战争的战略问题》《论持久战》《论新阶段》《战争和战略问题》等军事著作系统地论述了人民军队、人民战争的战略战术的理论和原则，以及研究和指导战争的认识论和方法论。毛泽东军事思想是经受了战争实践的考验的。"

岳参谋长还朗诵了毛泽东的《沁园春·雪》："北国风光,千里冰封,万里雪飘。望长城内外,惟余莽莽;大河上下,顿失滔滔。山舞银蛇,原驰蜡象,欲与天公试比高。须晴日,看红装素裹,分外妖娆。江山如此多娇,引无数英雄竞折腰。惜秦皇汉武,略输文采;唐宗宋祖,稍逊风骚。一代天骄,成吉思汗,只识弯弓射大雕。俱往矣,数风流人物,还看今朝。"

岳参谋长朗诵完,会场上爆发出一阵热烈的掌声。

接着,岳参谋长又对三十六计做了讲解,《三十六计》或称《三十六策》,是指中国古代三十六个兵法策略,语源于南北朝,成书于明清。它是根据中国古代军事思想和丰富的斗争经验总结而成的兵书,是中华民族宝贵的文化遗产之一。

这三十六计分别是:金蝉脱壳、抛砖引玉、借刀杀人、以逸待劳、擒贼擒王、趁火打劫、关门捉贼、浑水摸鱼、打草惊蛇、瞒天过海、反间计、笑里藏刀、顺手牵羊、调虎离山、李代桃僵、指桑骂槐、隔岸观火、树上开花、暗度陈仓、走为上计、假痴不癫、欲擒故纵、釜底抽薪、空城计、苦肉计、远交近攻、反客为主、上屋抽梯、偷梁换柱、无中生有、美人计、借尸还魂、声东击西、围魏救赵、连环计、假道伐虢。三十六计又分为六套,每套各包括六计,即胜战计、敌战计、攻战计、混战计、并战计、败战计。岳参谋长对三十六计的出处、基本思想、案例一一做了说明,最后,他还联系实际做了点评:"前段时间发生在我们身边的就有实例,例如,白云对乌云运用了反间计,立秋对酷暑运用了瞒天过海计,白露对秋老虎运用了调虎离山计。"岳参谋长看了看坐在墙边的白露元帅,又补充了一句:"特别是白露元帅的调虎离山计用得很精妙,可以写入军事理论教科书了。"

接着,岳参谋长请白露元帅做指示。白露于是坐到主席台上来讲话:"我今天是来学习的,谈不上做指示。刚才岳参谋长说得很好,我听了也很受启发,里面的大部分内容虽然发生在人间,但军事思想原理也适用于我们天庭,对我们具有重要的借鉴作用。大家要活学活用,融会贯通,做到来之能战,战之能胜。"

在热烈的掌声中,宣讲会结束了。

欲知后事如何,且听下回分解。

第十四回　慰前线八仙过海　迎来客白露施政

天庭早朝时，玉帝端坐在龙椅上，望了望下面的文武百官，询问道："众爱卿可有本奏？"

立秋说："白露率天兵天将镇守杭州，天上人间交相称赞，臣提议天庭派个慰问团下去，一来予以鼓励，为官兵打打气，二来也摸摸真实情况。"

玉帝说："立秋所提建议甚好，那派谁带队去为好啊？"立秋说："八仙本来就是从那里来的，对那里熟门熟路。我前几天见到他们，他们都说闲得无聊，很想去哪里玩一玩，还要我组织一次郊游活动呢，可派八仙下去，定有好的效果。"

玉帝于是命八仙率天庭慰问团去前线慰问将士们，以传达天庭的关爱之心。玉帝还亲笔写了一封慰问信让八仙带去。这八仙是指铁拐李、汉钟离、张果老、蓝采和、何仙姑、吕洞宾、韩湘子、曹国舅，是道教中有名的神仙。

相传，太上老君有一次在蓬莱仙岛牡丹盛开时，邀请八仙及五圣共襄盛举。回程时，铁拐李不建议搭船，各自想办法渡海。铁拐李抛下自己的法器铁拐，汉钟离扔了芭蕉扇，张果老放下坐骑"纸驴"，其他神仙也各掷法器下水，横渡东海。

八仙的举动惊动了龙宫，东海龙王率领虾兵蟹将前去理论，不料双方发生冲突，蓝采和被龙王捉回龙宫。之后，八仙大开杀戒，怒斩龙子，东海龙王则与北海龙王、南海龙王及西海龙王合作，一时之间，惊涛骇浪。曹国舅拿出玉板开路，将巨浪逼至两旁，顺利渡海。最后，南海观音菩萨出面调停。东海龙王释放蓝采和之后，双方才停战。这就是"八仙过海，各显神通"的由来。

八仙率领的慰问团昨日晚上到达白露大营。今天上午，白露召开了领导干部大会。会前，前线的白元帅、钱部长、岳参谋长等人和慰问团的八仙先见了面，相互做了自我介绍，聊了聊家常。八仙开玩笑道："今天正好是白露节气，我们的白露元帅特别精神啊。"大家听了开怀大笑。然后，八仙、白元帅、钱部长、岳参谋长等领导在主席台就座。上午九点整，会议正式开始。会议由宣传部钱部长主持。钱部长介绍了主席台上的各位领导后，八仙代表铁拐李宣读了玉帝亲笔写的慰问信。然后，白露代表前线将士做了工作汇报，对八仙慰问团的到来表示热烈的欢迎，对玉帝和天庭的关心表示衷心的感谢；同时对部队的军事建设、思想建设、文化建设等方面做了全面的总结与汇报。

白露指出："我们前线将士应该不甘落后，勇立潮头，敢于担当，肩负起平安建设的主力军责任。我们天兵天将具有优良的传统，一直以来都是平安建设的先锋。大家要发扬光荣传统，不忘初心，齐心协力，勇挑重担，为天庭争光；要讲政治、讲初心、讲奉献、讲学习，紧紧跟上时代发展的步伐。听说首都马上要召开重要会议了，这不仅是天下的大事，也是我们天上的大事嘛。我们能做些什么呢？能做的事情太多了，比如刮风、下雨时机要选好，风调雨顺，才能国泰民安嘛。总之，我们要好好谋划一番，借慰问团的关爱春风，认真做好工作，在'细'字上做文章，在'实'字上下功夫，在'严'字上压担子，在'特'字上见成效。只要功夫深，铁杵磨成针。"

白露汇报完后，八仙七嘴八舌地称赞起来，有说白露带兵有方的，有说白露军纪严明的，有说军民团结搞得好的，有说风土人情真不错的。主持会议的钱部长最后说："刚才八仙传达的重要指示，是对我们全军的最大鼓励。我们一定不辜负玉帝和天庭的期望，加强军事训练，苦练杀敌本领，请玉帝放心，请八仙放心。白元帅的讲话高瞻远瞩、高屋建瓴，从思想上、政治上、行动上对我军的各项工作做了总结,元帅提出的'细、实、严、特'四字要求具有十分重要的理论与实践意义,为我们今后的工作指明了方向。各位同志要学习好、传达好、落实好白元帅的重要讲话精神,以实际行动迎接中国重要会议的召开。"会议还对当前的一些其他工作进行了部署。

会后,白元帅、钱部长、岳参谋长陪同八仙共进午餐,午餐是在白露大营的食堂里吃的。饭桌上,气氛很活跃。白露说:"八仙过海,各显神通,我们下午安排八仙去观看《宋城千古情》,晚上去欣赏《印象·西湖》,看看人间的艺术如何。"八仙齐声说:"一切听从白元帅的安排,您办事,我放心。"

欲知后事如何,且听下回分解。

第十五回　游宋城千古情愫　看演出八仙惊魂

　　到白露大营慰问的第二天上午，八仙参加了大营的领导干部大会，听取了白露做的工作汇报。共进午餐时，白元帅说："我们大营的驻地在转塘，宋城景区就在我们大营不远的地方，听说那里在演《宋城千古情》，我还没去看过，下午就陪八仙去看看。"

　　吃完午餐后，白元帅就亲自带着八仙到宋城去了。到达那里时，一场演出刚结束，白露的秘书买好下一场的票后领着八仙进场了。八仙先看了看相关的介绍，得知，《宋城千古情》是一个大型歌舞演出，是杭州宋城景区的招牌节目。据说，它与拉斯维加斯的"O"秀、巴黎的红磨坊并称"世界三大名秀"。这个演出利用最先进的声、光、电等科技手段和舞台机械，以出其不意的呈现方式演绎良渚古人的艰辛、宋皇宫的辉煌、岳家军的惨烈、梁祝和白蛇许仙的千古绝唱，把丝绸、茶叶和烟雨江南表现得淋漓尽致，给人以极佳的视觉体验和强烈的心灵震撼。《宋城千古情》创造了世界演艺史上的奇迹：每年演出两千余场，旺季时，每天演出九场，十余年来已累计演出两万余场，接待观众六千多万人次。光看介绍，八仙的心就痒痒的，有些迫不及待了，好在演出马上就开始了。

　　演出的序幕是《良渚之光》，演的是杭州自古以来就是一片十分适合人类栖息、繁衍的乐土。早在八千到五千年前的新石器时代，断发文身的先民们就已在古越大地上创造了无比灿烂的史前文明。从跨湖桥文化到良渚文化，形成了一个又一个举世闻名的文化高峰。它们是蒙昧与文明的最初分野，也是后起的夏、商、周文明的主要构成要素，是古老悠久的东方文明的前奏和第一道曙光。

序幕结束后进入第一场——《宋宫宴舞》，演的是历史的背影刚刚远去，一个新的伟大时代——南宋王朝已经走来。南宋无论在经济、科技方面，还是文化艺术方面，都取得了巨大的成就。都市经济和对外贸易的发展水平更是大大超越了前代，居当时世界前列。南宋时的杭州人口多达百万，是四方辐辏、万物汇聚的著名大都市。市内街衢纵横，茶楼酒肆、艺场教坊林立，处处笙歌管弦，一派歌舞升平的景象。

第二场演的是《金戈铁马》。"东南形胜，三吴都会，钱塘自古繁华。烟柳画桥，风帘翠幕，参差十万人家。"杭州的繁华令北方的金国皇帝心动，公元1127年正月，金兵攻入汴京，俘徽、钦二帝，史称"靖康之难"。宋室被迫南渡。宋徽宗第九个儿子康王赵构，即宋高宗，建立南宋王朝，最后定都临安（今杭州）。从此，黄河两岸、江淮之间的人民纷纷起兵反抗金兵入侵，掀起了波澜壮阔的战争。岳飞就是这时涌现出来的抗金名将。他一生曾四次投军，一直奋战在沙场上。他率领的岳家军身经百战，收复了建康和中原的大片土地，直抵汴京。

第三场演的是《西子传说》。杭州是我国著名的古都之一，有"东海明珠"之称，早在九百年前就已被宋仁宗誉为"东南第一州"。悠久的历史给杭州留下了众多名胜古迹，"淡妆浓抹总相宜"的西湖更使杭州享有"人间天堂"的美誉。杭州给后世留下了《梁山伯和祝英台》《白蛇传》等许多感人肺腑的故事、美丽的传说。

最后一场演的是《魅力杭州》。今天，勤劳智慧的杭州人民书写了杭州历史上最辉煌的篇章。每年数百万游客相聚在宋城，体验"东方休闲之都、生活品质之城"杭州的无穷魅力。杭州已形成西湖观光—宋城怀古—休博园杭州乐园休闲度假游的主流旅游线路。美丽的西子姑娘们以曼妙的舞姿、轻盈的脚步，捧着沁人心脾的龙井茶，迎接来自五湖四海的宾朋。

演出结束了，八仙看得如痴如醉，在哪里都分不清楚了，直到白露叫喊,他们才如梦初醒,回过神来。白露请八仙谈谈观后感,八仙七嘴八舌地说了起来,说他们八仙走南闯北,到过不少地方,什么场面没见过?但这台演出牢牢抓住了杭州文化的根和魂——《良渚之光》中劳作生息的古越先民、《宋宫宴舞》中繁华如烟的南宋王朝、《金戈铁马》中慷慨激昂的岳飞抗金、《西子传说》中感人至深的爱情传说、《魅力杭州》中勤劳智慧的杭州人民,把众多的杭州历史典故、民间传说和西湖人文景观融进了《宋城千古情》。每一个篇章都利用多种表演艺术元素诠释了杭州的人文历史,再现了一个缠绵迷离的美丽传说、一段气贯长虹的悲壮故事、一场盛况空前的皇宫庆典、一派欢天喜地的繁荣景象。

八仙说:"感谢白元帅带我们来,如果没看《宋城千古情》,我们就白来杭州了。"接着,八仙又开起了白露的玩笑:"白元帅天天和白娘子、许仙、梁山伯、祝英台、岳飞等人在一起,可随时去断桥、白堤、岳庙、龙井等地转悠,会不会有乐不思蜀的感觉,甚至不想再回天庭去了,更不会想念白夫人了吧。"白露急得连连摇头说:"那不会,那不会,'贫贱之知不可忘,糟糠之妻不下堂'啊。"众神听了哈哈大笑起来。

欲知后事如何,且听下回分解。

第十六回　印象西湖观实景　入神仙姑出洋相

八仙看了《宋城千古情》的演出后,被深深地震撼了,听白元帅说晚上还要带他们去看《印象·西湖》,更是激动不已。白元帅安排的丰盛的晚餐,八仙也没有心思吃,说要早点赶去现场。白露劝道:"各位少安毋躁,演出时间是事先定好的,你们提早去也没有用啊。"八仙说:"我们早点去,好感受一下现场的气氛。"于是,白露早早地结束了招待晚宴,带着八仙去岳湖景区观看演出去了。

《印象·西湖》是"铁三角"继《印象·刘三姐》《印象·丽江》后又一部西湖"印象"系列实景演出。《印象·西湖》展现的是杭州西湖景致的最美瞬间。《印象·西湖》将杭州西湖十景极致化、印象化。在《印象·西湖》演出中,我们可以寻觅到春日苏堤的杨柳依依、夏日西湖的十里荷香、中秋佳节的三潭印月以及冬日的断桥残雪。杭州是一个拥有丰富的历史文化的城市,西湖是富有人文元素的景点。《印象·西湖》深挖杭州西湖的神话传说,将唯美的爱情故事以及历史传奇以片段化的形式展现给观众。我们所面对的历经千年的西湖,是"水光潋滟晴方好,山色空蒙雨亦奇"的西湖。当我们安静下来面对它的时候,白居易、苏东坡、苏小小、林逋、岳飞……便悄然向我们走来。

第一幕:相见。一只白鹤从遥远的天际飞来,幻化成一名年轻的书生,潇洒落下,信步走来。正在此时,另一只白鹤翩然而至,幻化成女子,两人一见钟情。千年美好的湖光,在此刻,被二人独享。一片美若幻境的雨雾之中,二人的爱情信物竟也是一把带着忧愁的绢伞。人们似乎看到了当年许仙与白娘子定情的美好瞬间。缘分,有时需要守望一千年;有时,它只在一个瞬间。身在西湖,常常情不自禁,有缘为引,虽不知情之所起,却一往情深,甚至超越生死,超越人间……

第二幕:相爱。西湖的鱼,从来都是有灵性的,它们在爱湖里自在追逐、欢畅游弋,恰似戏楼上正在演绎的来自人间的一幕优雅的"鱼水之欢"。爱,本是彼此心灵的一句承诺,本是两心一次朴素的妙合,只要心神相依,便能在无比美妙的爱的世界里品得亲密,如鱼得水,天地合欢。

第三幕:离别。快乐的时光像烟花一样短暂。鼓阵轰鸣,象征着一场情事的磨难即将开始,暗喻着一种无形而庞大的势力要将二人阻隔开来。那女子幻化的白鹤终于在挣扎中死去,就像许仙和白娘子的悲剧故事一样。而那白鹤的凄美离别,却赢得了无数羽毛的洁白的赞叹……人生的所有感悟都凝聚为看似简单的相逢,其背后却蕴藏着诗一般的痛感。也许,相见就已注定了离别,而人世的离别,却能在天堂化为永恒……

第四幕:追忆。书生再次回到当初与爱人相遇的地方,踏梦重来,美景犹在,纵使眼前走过无数女子,奈何斯人已去。他想到了为二人而生的那场雨,追寻着曾经结发盟誓的那条船。那曾经的爱人只能在一个隐约的空间里闪烁,只能在冥冥之中,用心灵将她召唤。书生在这回忆里凝结了美好、悔恨、向往和无奈……

第五幕:印象。印象正如这湖一般优美、婉约、厚重、空灵、哀而不伤,也如西湖传说中的爱情。那对伴侣再次于梦境中悠然浮现,踏水远去。此时,一股周而复始、生生不息的温情,向你缓缓走来,带你走入那不可雕琢、谜一般的终极瞬间。你也许会想,倘若活在那个瞬间,该多么幸福……所有的一切都好似一个个零零星星、散散点点的印象。没有轰轰烈烈,也未必惊天动地,你却无法忘怀,但愿这印象会被雕琢成一场无声的回忆、一个不期而至的消息,被您在以后某个温柔的瞬间幸福而庄重地回味……

山水实景演出到达高潮时,八仙看呆了,特别是八仙中的何仙姑。可能是触景生情吧,何仙姑看得入神了,忘了这里是演出现场,竟突然从观众席中跑了出来,大踏步地向舞台奔去,可那舞台是搭在西湖上的。一不小心,何仙姑脚一滑,掉到湖里去了,引得观众们哄堂大笑。何仙姑被水弄得打了一个激灵,清醒过来后,就从水里一跃而起,说了一声"郎君,我去了",就向天空飞去,一会儿就消失在云层里。

现场指挥的是大名鼎鼎的张导演,张导演见机马上指挥台上的演员立刻演出第五套备用剧情:白蛇化作仙女飞上天,许仙痛不欲生,叫了一声"娘子"后昏了过去。演到这里,现场爆发出雷鸣般的掌声。据说,后来有人问张导演,什么时候能再演一遍。张导演只是笑了笑,说那是保留节目,一般不重演。只有白露和八仙知道这是怎么回事,但又不便揭穿,此事就这样过去了。

欲知后事如何,且听下回分解。

第十七回　月亮湾嫦娥舒袖　广寒宫吴刚斫桂

　　过了几日,到了天庭早朝时,玉帝在龙椅上一坐定,就询问八仙慰问团的事。太白金星出来奏道:"八仙慰问团已赴杭城多日,至今未返回,也没有收到从那里发回的信息。臣以为,八仙也算是老资格了,走南闯北,经历的风风雨雨很多,应该不会有什么问题,玉帝尽管放心。"玉帝又问:"其他地方可有什么特别的事?"太白金星说:"也没什么特别的事,就是刚刚收到了月宫嫦娥和吴刚寄来的联名信,说他们在月宫里太寂寞了,请求玉帝派些天兵天将过去,一来开发新区,二来也为月宫活跃下气氛。"玉帝说:"月宫离地球很近,听说人类一直想登月,开发月球,我们天宫幅员辽阔,就不和人类去争了。"太白金星说:"至今只有美国人上过月球,而且登月时间很短暂,后来再没别的国家的人上去过,所以嫦娥和吴刚才会觉得冷清。"玉帝说:"我听闻中国人已有登月计划了,并且马上就会付诸实施,估计很快就会有人上去了,可转告嫦娥和吴刚,让他们再忍耐几天,到时候不要抱怨太烦就好。"太白金星说:"那好吧,就派秋分去月球走一趟吧。"月球上有个广寒宫,广寒宫里住着嫦娥和吴刚等神仙。嫦娥本来是住在地球上的,后来去了月球。

　　远古时候,天上有十个太阳同时出现,地球上的庄稼被晒得枯死,民不聊生。后来出现了一个名叫后羿的英雄,他力大无穷,同情受苦的百姓,登上昆仑山顶,运足神力,拉开神弓,一口气射下九个太阳,并严令最后一个太阳按时起落,为民造福。

　　后羿因此受到百姓的尊敬和爱戴。后来,后羿娶了个美丽善良的妻子,名叫嫦娥。后羿除传艺狩猎外,终日和妻子在一起。人们都羡慕这对郎才女貌的恩爱夫妻。不少志士慕名前来拜师学艺,心术不正的逢蒙也趁机混了进来。

　　一天,后羿去昆仑山访友求道,巧遇从此经过的王母娘娘,便向王母娘娘求得一包不老神药。据说,人服下此药便能即刻升天成仙。但是后羿舍不得撇下妻子,因此暂时把不老神药交给嫦娥保管。嫦娥把不老神药藏在梳妆台的百宝箱里,不料被小人逢蒙看见了,他想偷吃不老神药自己成仙。

　　三天后,后羿率众徒外出狩猎,心怀鬼胎的逢蒙假装生病,留了下来。待后羿率众人走后,逢蒙手持宝剑,闯入内宅后院,威逼嫦娥交出不老神药。嫦娥知道自己不是逢蒙的对手,危急之时,她当机立断,转身打开百宝箱,拿出不老神药一口吞了下去。嫦娥吞下药,身子立刻飘离地面,冲出窗户,向天上飞去。由于嫦娥牵挂丈夫,便飞落到离人间最近的月球上成了仙。

　　傍晚,后羿回到家后,侍女们向他哭诉白天发生的事。后羿既惊又怒,拔剑去杀恶徒,但逢蒙早就逃走了。后羿气得捶胸顿足、悲痛欲绝,仰望着夜空,呼唤爱妻的名字。突然,他惊奇地发现,今天的月亮格外皎洁明亮,而且有个酷似嫦娥的身影在晃动。他拼命朝月亮追去,可是他追三步,月亮退三步,他退三步,月亮进三步,无论怎样追不到月亮。

　　后羿无可奈何,又思念妻子,只好派人到嫦娥喜爱的后花园里,摆上香案,放上她平时最爱吃的蜜食鲜果,遥祭在月宫里眷恋自己的嫦娥。百姓听闻嫦娥奔月成仙的消息后,纷纷在月下摆设香案,向善良的嫦娥祈求吉祥平安。从此,中秋节拜月的风俗就在民间传开了。

　　吴刚常年在月亮上斫桂。相传,广寒宫前的桂树生长繁茂,有五百多丈高。下边有一个神常砍伐它。但每次砍下去之后,被砍的地方又立即合拢了。几千年来,那棵桂树就这样随砍随合。那个砍树的神名叫吴刚,原是汉朝西河人,曾跟随仙人修道。到了天界,他犯了错误,就被贬到月宫,日日做这种徒劳无功的苦差事,以示惩罚。唐代李白诗中有"欲斫月中桂,持为寒者薪"的记载。毛泽东的《蝶恋花·答李淑一》云:"问讯吴刚何所有,吴刚捧出桂花酒。寂寞嫦娥舒广袖,万里长空且为忠魂舞。"

　　嫦娥和吴刚自寄出联名信后,也没把这事放在心上。忽一日,天宫派来的秋分来到了月宫,秋分传达了玉帝的口信,告诉嫦娥和吴刚,用不了多少时间,那些中国人会陆续来探月,他们的冷清日子就要到头了。嫦娥听到这个消息,心里那个激动啊,心想,他的后羿一定会首先去找她,他们重逢的日子不远了。从此,嫦娥就日日等,夜夜等,天天围绕着地球一圈一圈地转啊转。

　　欲知后事如何,且听下回分解。

第十八回　玩山水八仙出游　赛诗词诸神逞能

　　八仙自来白露军中慰问后,白露先是安排他们观看了《宋城千古情》,又带他们去欣赏了《印象·西湖》,把八仙乐得手舞足蹈、心花怒放,其间虽发生了何仙姑出洋相的事件,但没有造成大的影响,大家不说也就这样过去了。八仙玩得兴起,又嚷嚷着要到周边的景区去玩一下。白露无奈,只好想办法解决。白露知道,天庭曾三令五申,禁止下派官员游山玩水,如果明目张胆地请八仙到外地去玩恐怕不妥。白露于是去找钱部长商量,钱部长一听,大腿一拍,连声说:"元帅,这事有何难!我们宣传部的通讯员不是要下去采访吗?我们就聘请八仙为宣传部技术顾问,让他们跟通讯员下去采访,以专家身份做技术指导就好了。"

　　白露说:"此计甚好,只是八仙终究不是专家,如何指导写通讯报道?以后天宫要是追究起来,需要有个凭据,也好解释。"钱部长说:"那就要八仙采访回来后上交一首诗,以备以后检查时用。"白露说:"好,那就这么定,你去安排吧。"钱部长就安排八仙跟着通讯员去了萧山湘湖、宁波四明山、武义牛头山、临安青山湖、天台华顶山、德清下渚湖、安吉藏龙百瀑、象山海滩等地采访。过了一周时间,八仙兴高采烈地回来了,还把作品交给了白露。白露一一看了起来。

　　铁拐李写的是萧山湘湖,诗云:"三五好友,欢聚湘湖,品茶论道,畅聊人生。跨湖文化,源远流长,历史厚重,人文荟萃。依山为湖,筑土为堤,城山之巅,王城遗址。千年银杏,风姿绰约,微风吹动,遍地金黄。山湖风景,秀美如画,波光粼粼,山水相依。江南奇境,超凡脱俗,清新优雅,安逸悠闲。堤岸曲曲,蒹葭丛丛,诗情画意,风情韵味。春穿花衫,夏披绿纱,秋着红裳,冬裹银裘。胜过东湖,赛过南湖,并肩北湖,比美西湖。一湖碧波,两岸青山,浮生若梦,为欢几何。"

汉钟离写的是宁波四明山,诗云:"秋阳暖暖,枫叶正红,四明山上,枫情万千。崇山峻岭,茂林修竹,小溪清流,古道通幽。古枫参天,林海红涛,苍松屹立,鸟鸣幽香。借住民宿,泥墙土瓦,竹林环绕,长藤老树。云海观日,月夜饮酒,万里悟道,诗酒田园。心守宁静,不问天下,入梦枫乡,晚枕安眠。安得浮生,一日偷闲,生活苟且,遥望远方。赏枫季节,浪漫之游,执子之手,慢慢变老。"

张果老写的是武义牛头山,诗云:"江南华清池,浙中桃花源,漫步牛头山,赛过小九寨。道教仙风存,天地灵气在,岁月沧桑印,古韵柔情记。浙中第一漂,神牛谷漂流,千回又百转,曲径可通幽。飞瀑落深潭,峡谷藏断崖,蝶舞似奔马,鱼游如懒汉。走过碧水潭,寻山水之韵;跨入步虚门,观海天之色;来到天师殿,问仙佛之旅;踏进清凉峡,探悠游之路;徜徉浴仙湖,观自然之美。荷花翻彩浪,名莲竞娇姿,云来山更佳,云去山如画,入山静恬恬,出山躁动动。"

蓝采和写的是临安青山湖,诗云:"临安青山湖,比肩西湖美,群峰绵延来,青山合围抱。鹤山挺拔秀,宝塔顶天立,松竹云雾绕,船水相映照。白鹭翩翩飞,游鱼翔清波,花果红艳艳,蔬菜绿油油。树在水中长,船在林中行,鸟在枝头鸣,人在画中走。春赏杜鹃花,夏品杨梅红,秋采柑橘黄,冬观白雪皑。望大坝云海,赏库区红叶,览溪流磅礴,摄飞虹落日。与杉叶私语,和绿草寒暄,同白雉对歌,邀渔夫漫谈。青青天目水,熠熠锦城珠,暧暧妙龄女,依依风姿绰。"

何仙姑写的是天台华顶山,诗云:"曾观华顶日出,晴日三更早起,登绝顶望海尖。但见金霞缕缕,日轮青气勃勃,羞涩摩荡再三,始升天际惊艳。此刻东望溟渤,看到水天一色,晨海银波涌日,霞光万道奇观。恰逢雨后初晴,红日云海探身,踏波踩浪而来,跃起灿烂金光。华顶峰上观景,朝雾夕岚骤起。白云如絮飘荡,薄雾似纱朦胧;云浪滔滔汹涌,大雾漫漫遮天;更或彤云密布,犹如雨雪纷飞。客行云雾之上,处处山峰如岛。景物忽隐忽现,仙境似有若无。美色变幻无穷,令人扑朔迷离。一旦擦肩而过,也许永不邂逅。"

吕洞宾写的是德清下渚湖,诗云:"德清下渚湖,比肩西溪美,湿地面积大,公园国家级。开阔似荡漾,狭窄如港湾,港汊交错来,芦苇随风摇。墩岛布湖面,野鸟聚一堂,水上藏迷宫,湖下存宝库。农夫忙鱼米,蚕女织丝绸,钓翁讲德语,朱鹮会外文。春来和风畅,百花齐开放,夏天清风扬,绿荷撑伞盖。秋到苇风影,采菱划小舟,冬至霜风岸,雾散见天际。桑葚天风知,湖水寒暑懂,细雨鱼儿出,微风燕子斜。月上柳梢头,人约黄昏后,青青湖边草,绵绵思故道。"

韩湘子写的是安吉藏龙百瀑,诗云:"游藏龙瀑布,吹清风微抚,瞰峡谷全貌,赏云海日出。山青陪林秀,洞多伴泉甘,岩险并峰奇,谷幽且湖清。委婉见雄伟,朴野藏珍奇,千回又百转,柳暗更花明。水是眼波横,山是眉峰聚,初秋景醉人,相约还复来。"

曹国舅写的是象山海滩,诗云:"我在象山,面海靠山,一个山清水秀的地方,一个讲象语山文的地方。先去中国渔村,推窗见海,卧床听涛,静如少女,温柔恬静;动如骏马,狂野奔放。再到渔港古城,沿山而筑,依山临海,城在港上,山在城中,海防要塞,渔业重镇。更有新建影城、影视基地,明星云集,春秋战国,襄阳古城,神雕侠侣,民国传奇……朋友,来象山吧,我在象山,我在象山等你。"

白露粗略看了一遍,不禁哈哈大笑,心想,原来只知道八仙武功高强,能惩恶劝善、扬名立万,不曾想八仙还会玩花赏草、舞文弄墨,这八仙倒是让他刮目相看了。

欲知后事如何,且听下回分解。

第十九回　八仙阵前提去意　白露杭城选特产

　　天宫迟迟没有收到八仙慰问团的消息,就发电报到白露大营,询问八仙慰问团的去向。白露拿着电报去找八仙,八仙这才想起是他们疏忽大意了,从天宫下凡已近十天,竟忘了向天庭汇报,还要天宫来催问,实在是不应该,于是向白露提出辞行。白露再三挽留,八仙说,天庭的慰问目的达到了,他们吃也吃了,玩也玩了,感谢白元帅的盛情接待,他们滞留的时间已经超了,必须得回去了。白露说:"八仙客气了,既然八仙去意已决,那就明天送你们回去吧。"八仙齐声说"好"。

　　白露回到办公室后,就把后勤部总务科的王科长找来,对王科长说:"八仙明天要回天上去了,他们来一趟也不容易,总得送点杭州土特产,你看看送什么比较好。"王科长也是个杭州通,就对白露说:"杭州最有名的特产有十多种——杭州丝绸、杭州织锦、王星记扇子、张小泉剪刀、杭州绸伞、仿南宋官窑青瓷、萧山花边、西湖龙井茶、西湖莼菜、西湖藕粉、西湖天竺筷、杭白菊、昌化山核桃、天目笋干,等等。"白露说:"这些特产里面,你给我重点介绍一下杭州丝绸、西湖龙井茶、昌化山核桃吧。"

　　王科长说:"好的,我就一一向白元帅汇报。先说这杭州丝绸,杭州丝绸历史悠久、质地轻软、色彩绮丽、品种繁多,有绸、缎、绫、绢等十几个品种,著名的品牌有长城、喜得宝、万事利、凯地、丝煌等。如今,杭州常年生产绸、缎、棉、纺、绉、绫、罗等十四个大类,两百多个品种,两千多个花色,图景新颖,富丽华贵,花卉层次分明,人物栩栩如生。许多产品荣获国家或省级优质产品奖,远销一百多个国家和地区。

　　"杭州丝绸首推都锦生,都锦生丝绸厂创立于1922年,曾是中国最大的丝绸工艺品生产出口企业,主要生产风景画、台毯、靠垫、窗帘及织锦衣料,产品富丽堂皇、雍容华贵,被誉为'东方艺术之花'。

"再说说西湖龙井茶。西湖龙井因产于中国杭州西湖的龙井茶区而得名,是中国十大名茶之一,具有一千二百多年的历史,在明代就被列为上品,清顺治时被列为贡品。清乾隆帝游览杭州西湖时,盛赞龙井茶,并把狮峰山下胡公庙前的十八棵茶树封为'御茶'。西湖龙井是绿茶,龙井茶属于绿茶扁炒青的一种。扁炒青的特点是形状扁平光滑,因产地和制法的不同,分为龙井、旗枪、大方三种。西湖龙井按外形和内质的优次分1~8级。狮峰所产为最好,因其色泽黄嫩、高香持久而被誉为'龙井之巅';龙井村产的茶叶肥嫩,芽峰显露,茶味较浓;梅家坞所产的茶叶做工精细,色泽翠绿,形如金钉,扁平光滑,汤色碧绿,口味鲜爽。苏东坡的《白云茶》赞道:'白云峰下两旗新,腻绿长鲜谷雨春。'龙井茶不仅体现了茶的价值,也体现了一种文化艺术的价值,里面蕴藏着较深的文化内涵和历史渊源,龙井问茶现在已入选新西湖十景。

"再说那昌化山核桃。昌化山核桃分布于临安市昌化、於潜,淳安县临岐、唐村,安吉县孝丰,桐庐县分水等地,以临安市昌化地区出产的核桃为最多,品质居上,故统称昌化山核桃。临安昌化种植加工山核桃已有五百余年的历史,在全世界十七种山核桃中,临安山核桃以核大、壳薄、质好、香脆可口而著称,有'天下美果'之称,为临安'老三宝'之一。山核桃属胡桃科,亦称小胡桃,是落叶乔木,雌雄同株,果核呈卵圆形。白露后开始采果,经过脱皮、高温脱涩和炒制加工的核桃仁,是节日消费和馈赠亲友的佳品,深受天上人间消费者的喜爱。"

介绍到这里,王科长朝白露笑了笑,继续说:"在当地有首民谣是这样的,'白露到,竹竿摇,遍地金,满担挑'。这说明白露是山核桃采摘上市的时节,山核桃是时鲜货。"白露点点头,示意王科长不用再说了。白露说:"我已经听明白了,看来这杭州丝绸、西湖龙井茶、昌化山核桃是杭州最有代表性的特产了,你马上帮我去买几条丝绸围巾、几斤西湖龙井茶、十几斤昌化山核桃,分成一式八份,总价控制在三万元内,费用由我个人承担,你先帮我预支一下,分三个月从我的工资中扣除。"王科长说:"好的,我现在就去办。"说完,白露和王科长就各自忙事情去了。

　　欲知后事如何,且听下回分解。

第二十回　接举报天庭调查　受处罚八仙挂职

八仙率慰问团下凡,在白露大营待了十几天,竟忘了及时向玉帝汇报工作的进展情况,直到天宫催问才急急忙忙收拾行装,辞别白露大营的官兵,回天宫复命。回到天宫,八仙向立秋、太白金星等一一做了汇报,历陈白露治军有方,军纪严明,军民团结也搞得很好,军事建设、思想建设、文化建设各方面都取得了很大的成绩。

立秋、太白金星将八仙的汇报整理成一份简报,送呈玉帝审阅。玉帝阅后在上面做了批示,并号召全体天兵天将向白露部队学习,努力工作,开创新时代军事建设的新局面。

不料,八仙回到天宫才两天,天庭就收到了一封举报信。举报信上列出了三大问题:一是八仙在观看人间表演的《印象·西湖》时失态,暴露了身份,影响了天仙的形象;二是八仙以专家名义去浙江各地游山玩水;三是八仙接受宴请、接收礼品。这些都严重违反了天庭的规定,请天宫查处。

天庭相关部门收到举报信后,立即向立秋、太白金星做了汇报。太白金星心想,这举报信的内容虽然针对的是八仙,如情况属实会连累白露,而白露又是玉帝的得意门生。玉帝刚刚还号召全军向白露部队学习呢,况且前段时间也有举报白露弄虚作假的,后来查无实据,事情就这样过去了。虽然事情已经过去了,但对白露部队的思想还是产生了影响。太白金星就和立秋商量,商量后一致决定:此事先不惊动玉帝,先派个调查组下去摸清情况再说。

立秋于是指示有关部门立即成立了一个调查组,赶赴白露大营调查

第二十回　接举报天庭调查　受处罚八仙挂职

取证。调查组调查后写了个调查报告，大意是这样的：第一，八仙去部队慰问，白露组织八仙观看当地最有特色的文化表演，这也是与民同乐的一种表现形式，至于何仙姑触景生情，忘记了自己的身份，虽然她出了洋相，但好在及时醒悟，并做了弥补，观众也没有看出来，还以为是演出的一个高潮呢，要说错也是何仙姑个人的错。第二，八仙确实以专家的名义去浙江各地观光了，但在程序上是合规的，有专家聘书，也有八仙写的作品为证，但这里也存在钻政策空子、打擦边球的问题。第三，关于八仙接受宴请、接收礼品的情况，八仙这次下来，就餐是在白露大营的食堂里解决的，不存在大吃大喝的问题。八仙返回时，白露以个人名义送了些杭州特产，包括杭州丝绸围巾、西湖龙井茶、昌化山核桃，虽然数量不多，也没用公款，但还是造成了不好的影响。

　　调查报告出来后，太白金星、立秋和有关部门负责人一起进行了仔细的研究，觉得举报内容虽然有点夸大其词，但也不是捕风捉影。不管怎么说，八仙确有失当之处，必须予以一定的处理。白露多多少少也存在不当之处，但白露在外挂帅，此事非同小可，得报玉帝定夺。

　　关于对八仙的处理问题，大家讨论了几次也没确定下来。后来，太白金星说："听说浙江仙居新扩建了一个叫神仙居的景区，到那里的游客经常说，景区名为神仙居，怎么从不见神仙出现呢？我们为民着想，正想派几个神仙下去。八仙不是喜欢游山玩水吗？就贬他们下凡一年，让他们到神仙居景区去挂职锻炼，顺便好好反省反省。"

　　立秋说："这个主意好，一则算是一种处罚，二则八仙也容易接受，不至于有抵触情绪。"大家纷纷表示同意，事情就这样定了下来。

　　八仙就这样被下派到神仙居，各自找了一个景区安顿下来。八仙相约，要吸取教训，好好改造，提供正能量。铁拐李住在峡谷探幽区，其住处写着：如果你心里充满阳光，闭着眼睛也能看到灿烂。汉钟离则住在山顶风光区，其住处写着：心若不动，风又奈何，你若不伤，岁月无恙。蓝采和住在溯溪探险区,他在住处写着:世间万相皆由心生,一念起,万水千山皆有情;一念灭,沧海桑田已无心。张果老住在奇文探秘区,他在住处这样写着:美景在心,万物是景,处处有景;心中无景,视景非景,景有若无。何仙姑到农耕文化区住了下来,她在自己的住处写着:人生的脚步常常走得太匆忙,所以要学会停下来笑看风云,坐下来细赏花开,沉下来平静如水,定下来乐观自在。韩湘子搬到官坑幽谷景观群居住,在其住处写上:心境平静无澜,万物自然得映,心灵静极而定,刹那便是永恒。曹国舅爬到夫妻峰景观群上面,在其住处写着:日出东海落西山,愁也一天,喜也一天;遇事不钻牛角尖,人也舒坦,心也舒坦。吕洞宾到聚仙谷景观群去了,其住处写着:勿像智者一样劝慰别人,勿像傻子一样折磨自己。

　　八仙来到神仙居的消息传出去之后,景区人气大旺,游客纷至沓来。大家都想来沾沾仙气,和位列仙班的神仙一起拍个照、合个影。一时间,景区人满为患。眼看国庆中秋双节将至,秋风起,丹桂香,游客爆满那是可以预料到的事,这可急坏了景区的管理部门。

　　欲知后事如何,且听下回分解。

第二十一回　受牵连白露调岗　担重任秋分挂帅

　　八仙因犯错被下派到神仙居去值班,但八仙的错和白露也有关。天庭处理了八仙,但对白露还没有下过什么结论。太白金星正想找个合适的时机向玉帝汇报。俗话说,没有不透风的墙。这些事不等太白金星汇报,玉帝已经知道了。这天早朝后,玉帝让太白金星、立秋留下,主动问起八仙和白露的事。

　　太白金星于是一五一十地和盘托出,把情况都说清楚后,太白金星补充道:"发生这些事,错主要在八仙,我们已对八仙做了处理,八仙认错态度也很好,已经愉快地接受处理去下面挂职了。白露在接待下派天官方面有点犯规,但其出发点是好的,也没有造成什么大的损失,最后怎么处理,还是玉帝您定吧。"立秋也为白露说情,说他们正要向玉帝汇报。玉帝倒也没有责备太白金星和立秋的意思,但他严肃地说:"国有国法,家有家规,既然制定了严格的天规,就一定要认真执行,领导干部尤其应该带好头。白露守土有功,但功是功,过是过,功过不能相抵。还是要做出处理,我看他已不适合再当元帅了。"

　　立秋说:"我这段时间因筹备蟠桃会,经常见到白露夫人,白夫人向我诉苦,说大家都知道杭州是个繁华之地,吴侬软语,美女如云,白露长期驻扎在那里,她很担心。"

　　玉帝说:"那就把他调回来吧。"

　　太白金星说:"托塔天王李靖常说自己老了,干不动了,需要培养接班人了。"

　　玉帝说:"那就任白露为李靖的副手,让李靖好好调教调教,把他培养成大材,我对白露一直寄予厚望。"

谈到白露元帅之位的继任者时,太白金星说:"秋天已经到了,秋分也该登场了,臣建议秋分接替帅位。"

玉帝说:"秋分现在哪里?"

太白金星说:"秋分上次受玉帝委派,去月球探望嫦娥、吴刚,还没有回来,一直在那里待命呢。"

玉帝说:"那正好,月球离地球很近,就让秋分直接去杭州赴任吧。"

第二天,新的调令就下达了,白露接到调令,交接完毕,立即返回天宫。他首先找了太白金星,问他怎么会对八仙慰问团的事知道得这么清楚。

太白金星说:"俗话说,天知地知,你知我知,天怎么会不知道呢?还有一句话是,若要人不知除非己莫为。连人都知道这个道理,你怎么还不明白呢。"

太白金星拍了拍白露的肩膀,说:"小伙子,没有关系,塞翁失马,焉知非福,安心去新的岗位工作吧,你的前途不可限量啊。"

我们且不说白露去托塔天王那边赴任之事,先说说秋分来杭州上任之事。

秋分是农历二十四节气中的第十六个节气,开始时间一般是每年的9月22或23日。在南方,到了这一节气说明秋天正式开始了。太阳在秋分这一天到达黄经180度,直射地球赤道,因此,这一天昼夜均分,各十二小时;全球无极昼、极夜现象。秋分之后,北极附近极夜范围逐渐增大,南极附近极昼范围逐渐增大。《月令七十二候集解》中写道:"八月中,解见春分""分者平也,此当九十日之半,故谓之分。"分就是半,这是秋季九十天的中分点,所以叫秋分,对应于上半年的春分,从春分到秋分刚好半年。

中国古代将秋分分为三候:"一候雷始收声;二候蛰虫坯户;三候水

始涸。"秋分时节,中国大部分地区已经进入凉爽的秋季,南下的冷空气与逐渐减弱的暖湿空气相遇,产生一次次的降水,气温也一次次地下降,正如人们常说的那样:"一场秋雨一场寒。"

早在周朝,古代帝王就有春分祭日、夏至祭地、秋分祭月、冬至祭天的习俗。其祭祀的场所分别称为日坛、地坛、月坛、天坛,分设在东、南、西、北四个方向。北京的月坛就是明清皇帝祭月的地方。《礼记》载:"天子春朝日,秋夕月。朝日之朝,夕月之夕。"这里的"夕月之夕"指的正是夜晚祭祀月亮。这种风俗不仅为宫廷及上层贵族所奉行,随着社会的发展,也逐渐传到了民间。中秋节就是由此而来的。在秋分这天,你会找不到自己的影子,因为,这天的太阳直射点不偏不倚地照在赤道上。当你来到赤道上时,你就会发现任何物体都没有自己的影子。

这一天,南极、北极也处于共同的白昼中。太阳直射赤道时,南极、北极同时受到太阳的照射,分享着同一个白昼。在每年的秋分这一天,世界各地有数以千万计的人在做"竖蛋"试验:轻轻地把一个光滑匀称、刚生下四五天的新鲜鸡蛋在桌子上竖起来。失败者颇多,但成功者也不少。秋分是做竖蛋游戏的最佳时机,故有"秋分到,蛋儿俏"的说法,竖立起来的蛋儿好不风光。总之,关于秋分的故事可多了。

欲知后事如何,且听下回分解。

第二十二回　圆少梦秋分寻桥　研文献杭城访古

秋分是个福将,自接任白露挂帅后,天就开始慢慢转凉,秋高气爽,既没有难熬的炎炎夏日,也没有秋老虎肆意横行。前方无战事,后方很安定,风调雨顺,国泰民安,大地呈现出一派欣欣向荣的景象。大营中,军事工作有岳参谋长负责,宣传工作有钱部长负责,而岳参谋长、钱部长责任心强,分工协作配合得很好,秋分只要听听汇报、发发指令就行了。没几天,秋分就熟悉了帅位的工作流程。一闲下来,秋分就想起了自己的业余爱好。

秋分出生于知识分子家庭,从小知书达礼、聪慧过人,小时常和处暑、白露、寒露、霜降一起玩。处暑、白露喜欢军事,寒露、霜降偏爱农事,而秋分擅长工科。秋分小时候常听长辈说起牛郎织女的故事,感慨牛郎织女鹊桥相会一年只能见一次,所以他长大后想当桥梁专家,修一座天河大桥,使住在天河两边的牛郎织女随时可以相聚。秋分长大了才明白,天河实在太宽了,要造这样一座桥只是一个美好的梦想,梦想归梦想,但秋分从小喜欢桥梁的习惯却留了下来。来杭州安排好工作后,秋分就关心起杭州的桥来了。他先找了些文献资料,了解到杭州历史上有名的古桥包括拱宸桥、广济桥、祥符桥、六部桥、永宁桥、断桥、跨湖桥。

拱宸桥是杭城古桥中最高、最长的石拱桥,始建于明崇祯四年(1631年),清光绪十一年(1885年)重建,中间几经兴废。该桥全长92米,桥身用条石错缝砌筑,上贯穿长锁石,桥面呈柔和的弧形,为三孔薄墩石拱桥,纵联分节,并列砌筑。"宸"是指帝王住的地方;"拱"即拱手、两手相合,表示敬意。每当帝王南巡时,这座高高的拱形石桥就像对帝王的到来表示欢迎和敬意的主人一样,"拱宸桥"之名由此而来。

广济桥,又名"通济桥",俗称"长桥",位于杭州市余杭区塘栖镇西北,南北向架于京杭大运河上,为古运河上仅存的一座七孔石拱桥,始建于弘治二年(1489年)。此桥造型秀丽,拱桥采用纵联并列分节砌置法,全长78.7米,宽6.12米,矢高7.75米。

祥符桥始建年代不详,南宋《咸淳临安志》《淳祐临安志》中有关于该桥的记载。现桥为明代建筑,五孔石梁桥,南北向横跨宦塘河,长28米,宽3.6米。桥栏板有素面和须弥座两种形式,望柱头雕饰覆莲或石狮。桥梁上有明嘉靖癸卯年(1543年)的重建铭文,桥北下方有写有资助者姓名的石刻残碑。

六部桥因桥西正对南宋中央官署六部所在地而得名。桥东有南宋政府接待北方来使的都亭驿馆,故六部桥又名"都亭驿桥";元时改名"通惠桥",明时称"云锦桥",清时复称六部桥,沿袭至今。

永宁桥,原名"李王桥""里王桥"。《杭州府志》载:"永宁桥在隽堰东北七里,旧为渡,曰李王渡,乾隆三十五年创建石梁跨大河南北。"

断桥,位于白堤东端。在西湖古今诸多大小桥梁中,断桥名气最大。据说,早在唐朝,断桥就已建成。断桥残雪是著名的西湖十景之一,是冬季西湖的一处独特的景观。断桥背城面山,正处于外湖和北里湖的分水点上,视野开阔,是冬天观赏西湖雪景的最佳处所。每当瑞雪初晴,若站在宝石山上眺望,桥的阳面冰消雪化,所以从阳面望去,"雪残桥断";而桥的阴面仍白雪皑皑,故从阴面望去,"断桥不断"。

跨湖桥位于上湘湖和下湘湖之间,是8000年跨湖桥文化的发源地。跨湖桥文化是中国乃至世界的优秀文化遗产,也是萧山人民引以为傲的宝贵财富,它创造了世界上最早的独木舟、世界上最早的漆弓等多个"文化之最",将浙江的文明史整整向前推进了1000年。早在8000年前,跨湖桥先民就在萧山这片神奇的土地上,用勤劳和智慧谱写了光辉璀璨的史前文明。

　　秋分越看越有兴趣,心想,耳听为虚眼见为实,有空时还是去实地考察一番吧。

　　欲知后事如何,且听下回分解。

第二十三回 扮市民微服私访 过六桥秋分考诗

秋分的官方身份是镇守一方的统帅,是玉帝钦点的元帅,其主业当然是带兵打仗,搞军事建设,只是秋分偏偏喜欢研究历史,业余爱好是研究历史上的一些桥梁建筑和风土人情,这不,来杭州上任后,安排好工作上的事之后,他就想起了业余爱好,既然是业余的,身份又特殊,就不能大张旗鼓地来。

今天刚好是休息天,又是农历秋分日,秋分一大早就出门了。他装扮成老市民,也没有带随从,孤身一人直奔西湖苏堤六吊桥。他从转塘进入之江路,再转到虎跑路,不一会儿就到了苏堤路口。

苏堤,位于杭州西湖的西部,南起南屏山下花港观鱼,北抵栖霞岭下曲院风荷和岳庙,全长约2.8公里,将里西湖同外西湖分隔开来。苏堤与白堤、杨公堤并称"西湖三堤"。

公元1089年,时任杭州知府苏东坡率民疏浚西湖,以淤泥和葑草筑成连通南北西湖的长堤。后人为了纪念苏东坡,将此湖堤命名为"苏堤",又在苏堤南端与南山路交汇处设立了"苏东坡纪念馆",内有苏东坡石雕一尊。

南宋时期,由于苏堤连接南北山,是杭州市郊的重要交通要道,因此这里逐渐发展成集市,成为杭州市民郊外踏青的必到之处。苏堤上栽植有垂柳、玉兰、樱花、芙蓉、木樨等多种观赏花木,一年四季姹紫嫣红、五彩缤纷,时序变换,晨昏晴雨,氛围不同,景色各异。如诗似画的怡人风光,使苏堤成了市民和游客赏玩的好地方。

当年,为了连通里西湖和外西湖,苏堤上共建有6座桥梁,自南向北依次是映波、锁澜、望山、压堤、东浦和跨虹。元朝时人所评的钱塘十景中,就有六桥烟柳。又有民谣云:"西湖景致六条桥,一枝杨柳一枝桃。"另一说为:"十里长堤跨六桥,一株杨柳一株桃。"南宋时,苏堤春晓被列为西湖十景之首,元代时称"六桥烟柳",被列入钱塘十景。由此可见,苏堤自古就深受人们的喜爱。

如今站在苏堤六桥上眺望,西湖景色各领风骚:映波桥与花港公园相邻,垂杨带雨,烟波摇漾;锁澜桥近看小瀛洲,远望保俶塔,近实远虚;望山桥上西望,丁家山岚翠可挹,双峰插云巍然入目;压堤桥居苏堤南北的黄金分割位,旧时是湖船东来西去的水道通行口,"苏堤春晓"景碑亭就在桥南;东浦桥是湖上日出的最佳观赏点之一;跨虹桥上看雨后长空彩虹飞架,湖山沐晖,如入仙境。苏堤长堤延伸,六桥起伏,为游人提供了可以悠闲漫步而又观瞻多变的赏玩路线。迈步走在堤上、桥上,湖山胜景如图画般徐徐展开,万种风情,任人领略。

秋分来到苏堤,刚要踏上映波桥,突然从柳林中跳出来一个青年,他鞠躬作揖,面向秋分,说道:"欲上映波桥,请吟一首写垂柳的诗。"秋分大惊,心想,杭城果然文化底蕴深厚,来苏堤游览还要吟诗作对。不过这难不倒秋分,他随口吟道:"娉婷小苑中,婀娜曲池东。朝佩皆垂地,仙衣尽带风……"青年含笑请秋分上桥。

秋分来到锁澜桥,又被一姑娘拦住去路。姑娘要秋分吟一首写桃树的诗。秋分已经知道其中的套路了,就脱口而出:"桃花嫣然出篱笑,似开未开最有情。茅茨烟暝客衣湿,破梦午鸡啼一声。"

到达望山桥时,管桥的小伙子要秋分吟一首写樱花的诗。秋分也不多话,随口就来:"春雨楼头尺八箫,何时归看浙江潮?芒鞋破钵无人识,踏过樱花第几桥。"

下一站是压堤桥,坐在桥边的小姑娘笑着请秋分吟一首写迎春花的诗。秋分已熟门熟路了,张口就来:"金英翠萼带春寒,黄色花中有几般。

凭君与向游人道，莫作蔓菁花眼看。"

这样又走了一段路，呈现在眼前的是东浦桥。秋分主动问坐在桥边的小青年，这里是要吟咏什么诗吗？小青年愣了愣，才反应过来，就说："吟一首写杏花的诗吧。"秋分说声"好"，朗声诵道："应怜屐齿印苍苔，小扣柴扉久不开。春色满园关不住，一枝红杏出墙来。"

秋分来到六吊桥的最后一座桥——跨虹桥时，小姑娘照例要秋分吟一首写杜鹃花的诗。秋分笑呵呵地轻声吟咏道："火树风来翻绛焰，琼枝日出晒红纱。回看桃李都无色，映得芙蓉不是花。"

秋分吟完，刚要上桥，向旁边一望，哪里还有小姑娘的人影？秋分暗忖，来一趟苏堤，走一遍六吊桥真不容易啊！苏大学士你不必如此难为我吧。秋分心想，还是要去"苏东坡纪念馆"拜谒苏仙。

欲知后事如何，且听下回分解。

第二十四回　游西溪蒹葭秋雪　逛水域五难元帅

前几天上午，秋分孤身一人去苏堤六吊桥走了一遍，也经历了六重考验。后来，秋分返回苏堤南端，参观了苏东坡纪念馆。看时间还早，秋分于是直奔西溪湿地。

九月的西溪，是杭城中一处最纯净的桃花源。夕阳微照，素静的苇塘远远望去如同一片白雪，"秋芦飞雪"因此得名，被誉为西溪十景之一。西溪以其无穷的魅力醉倒了一年又一年的秋风，更醉倒了一代又一代的词人。正是秋分时节，秋风送走最后一丝暑气，郁郁葱葱的芦苇随风飘荡，花絮纷飞，好一幅"蒹葭秋雪"之美景。远远望去，整片湿地就像一幅中国画，充满诗情画意。

秋分到达西溪一看，但见游人如织，观镜花水月，品溪影花语，看麋鹿漫步，赏天鹅嬉晖，盼巢林鹇归，好不悠闲自在。秋分深深感叹道："杭城的百姓有福，如此美景，远胜天宫啊！"他一边说着，一边随人流进入周家村公园主入口。西溪湿地位于杭州市区的西部，距西湖不到五公里，是罕见的城中次生湿地。

西溪湿地生态资源丰富、自然景观质朴、文化积淀深厚，与西湖、西泠并称杭州"三西"，是目前国内第一个也是唯一的一个集城市湿地、农耕湿地、文化湿地于一体的国家湿地公园。历史上，杭州西溪的出名时间比西湖还要早。在古人的眼里，西溪甚至比西湖更美。康熙在游览西溪后感叹西溪之美，留下了"十里清溪曲，修篁入望森。暖催梅信早，水落草痕深……"的诗句。西溪之胜，胜在于水。水是西溪的灵魂，园区中约70%为湿地。西溪之重，重在生态。为加强生态保护，湿地内设置了费家塘、虾龙滩、朝天暮漾三大生态保护区和生态恢复区；入口处设有湿地科

第二十四回　游西溪兼葭秋雪　逛水域五难元帅

普展示馆;园区内有三个生物修复池和一个湿地生态观赏区。西溪也是鸟的天堂,园区设有多处观鸟亭,给游客呈现出群鸟欢飞的壮丽景观。

西溪人文历史源远流长。西溪自古就是隐逸之地,被文人视为人间净土、世外桃源。秋雪庵、泊庵、梅竹山庄、西溪草堂等在历史上都曾是众多文人雅士开创的别业,他们在西溪留下了大量的诗词文章。深潭口百年老樟树下的古戏台,据说是越剧北派艺人的首演地。每年端午节在深潭口举行的龙舟盛会历史悠久、形式独特,被誉为"花样龙舟"。烟水渔庄附近的"西溪人家""桑·蚕·丝·绸故事"重现西溪人民的农家生活劳动场景,让更多的人认识和了解水乡的典型民俗。

秋分来到西溪水阁,正要入阁,突然从芦苇荡深处飞出一条小船。船头站着的一个年轻渔民向秋分作揖道:"客官要入阁,请先题一首和湿地中的莲荷有关的诗。"秋分笑了笑,提笔写下:"采莲归,绿水芙蓉衣,秋风起浪凫燕飞,桂棹兰桡下长浦,罗裙玉腕轻摇橹,叶屿花潭极望平,江讴越吹相思苦。"

赏完了西溪水阁,秋分来到深潭口时,又有渔民要求他题诗留言,秋分写道:"月影莲香舞蹁跹,疑似玉宇琼岛仙。欲问仙女何归处,不在天上在人间。"到了秋雪庵,秋分写下了以下诗句:"当年相如凤求凰,文君同甘共苦尝。相濡以沫悲欢过,琴瑟和鸣千古扬。"来到西溪草堂,秋分题的是:"睡在莲中爱杭城,高洁未曾染芳尘。百般情思绕指柔,凌波仙子亦花神。"最后到烟水渔庄时,秋分是这样写的:"轻点魔杖变无凭,霓裳羽衣丽人行。千变万化指尖过,不是神仙赛精灵。"秋分今天特意出来游玩,顺便想考察一下杭城的风土人情,这样走一圈,不光需要体力,更重要的是,还需要智力。他想:"一定是那位洪老先生在为难我,接下来,福堤、绿堤、寿堤等三堤十景如何应付得了啊,且待我去洪园拜拜洪氏'钱塘望族'再说,求他老人家手下留情。"

欲知后事如何,且听下回分解。

第二十五回　跨钱江南北贯通　走十桥秋分题诗

秋分一来，世界就有了秋意。秋意在一个多雾的黎明到来，到了炎热的下午便不见踪影了。它踮起脚尖，掠过树梢，染红几片叶子，然后乘着一簇云掠过山谷离去。秋分后，连续下了几天雨，"一场秋雨一场寒"的时候到了。秋分元帅在完成工作任务的同时，深入民间体验生活，前几天去西湖苏堤、西溪湿地走了一圈，深深为杭州之美所陶醉，也被苏大学士、洪老先生"折腾"了一番，也算对杭城博大精深的文化底蕴有了初步的了解。今天，秋分忙完了公务，看时间还早，就信步走出办公室，到钱塘江边考察钱江大桥去了。钱塘江上据说有十座大桥，钱塘江上的桥梁的排序是由规划时序决定的。

钱江一桥，也就是钱塘江大桥，位于六和塔附近的钱塘江上，由桥梁专家茅以升主持设计，是中国自行设计、建造的第一座双层铁路、公路两用桥。钱江一桥横贯钱塘江南北，是连接沪杭甬铁路、浙赣铁路的交通要道。钱塘江大桥于1934年8月8日开始动工兴建，1937年9月26日建成。截至今年，钱塘江大桥满"85岁"了，被网民热捧为"桥坚强"。2016年9月，钱塘江大桥入选"首批中国20世纪建筑遗产"名录。

钱江二桥，也称"彭埠大桥"，是铁道部"中取华东"连接沪杭、浙赣、宣杭、萧甬铁路的重点工程，是世界上第一个在强涌潮河段上修建的一座公路、铁路在同一平面而又完全分离并列的特大桥。铁路桥位于上游侧，公路桥位于下游侧，两桥中心相距16.4米，基础采用钻孔桩，正桥桩径分别为1.5米和2.2米，引桥桩径为0.1米。

钱江三桥，也称"西兴大桥"，位于杭州钱江四桥与庆春过江隧道之间,总长5700米,主桥长1280米,南北高架引桥长4420米,双向6车道。主桥为双独塔等跨单索面预应力混凝土斜拉桥,主墩上两座矩形索塔高百米,平行的15对拉索呈竖琴状。这是浙江省首座具有世界先进水平的现代斜拉索桥梁。钱江三桥的设计与施工创造了中国桥梁建筑史上多项之最。

钱江四桥,也称"复兴大桥",位于南星桥附近,北端通过复兴立交与中河高架路相接,2004年10月建成通车。桥型方案为双层双主拱的钢管混凝土组合系杆拱桥,主桥跨径布置按计算跨径为1145米,其中85米为下承式系杆拱桥和上承式拱桥的组合,190米为下承式系杆拱桥和中承式拱桥的组合。

钱江五桥,也称"袁浦大桥",位于杭州绕城公路南线,地处三江口(钱塘江、富春江、浦阳江)附近,2003年年底通车。全长3126米,双向4车道,是钱塘江流域目前唯一的一座弧形"弯"桥。主桥墩基础深水大体积混凝土承台施工,采用双壁钢围堰进行设计、施工。

钱江六桥,也称"下沙大桥",跨杭州经济技术开发区和萧山经济技术开发区,2002年12月通车。总长8230米,双向6车道。连通杭州绕城公路东线,北接杭浦高速,南接杭甬高速,是钱塘江上最长、最宽的桥梁。其中,跨江主桥长2400米,有4个主墩,每个墩由26个钢筋混凝土基桩组成。基桩采用下部直径2米、上部直径2.3米的变径桩,其深度达百米以上,这在全国特大型桥梁中屈指可数。

钱江七桥,也称"之江大桥",是杭新景高速公路的延伸线,全长1724米,包括一座过江桥梁、2处互通,分别与320国道、之浦路相接,跨过钱塘江后与彩虹大道相接。江中主桥为双塔双索面钢箱梁斜拉桥,采用拱形门式索塔。两个主塔高约97米,主桥长478米,有3个桥孔。其中,主孔跨径为246米,两边的桥孔均为116米。

钱江八桥,也称"九堡大桥",位于钱塘江七格弯道处,结构特点是按双向6车道城市快速路标准设计,设计时速为80公里,全长约1855米。钱江八桥是我国第一座全桥采用组合结构的越江桥梁,采用了新型组合结构桥梁形式,为推动中国组合结构桥梁的发展做出了贡献。

钱江九桥,也称"江东大桥",位于下沙经济开发区、江东工业园区和临江工业园区之间。起点位于绕城高速下沙互通,并连接德胜快速路,终点与萧山区青六路相接。该桥于2008年12月26日建成通车,全长4.33公里,设计时速为80公里,双向8车道。钱江九桥为空间缆自锚式悬索桥,是亚洲技术最先进的一座特大型桥梁。

钱江十桥,有不同的说法,有人说钱江十桥就是钱江铁路新桥,位于钱江二桥上游,两桥相隔20.9米。有人说钱江十桥是规划中的位于萧山区和海宁之间的新桥。

秋分花了大半天时间将钱塘江上的9座大桥走了个遍,并一一做了笔记。秋分深信,这些大桥建设的成功经验,一定能在今后天空桥梁的建设中得到应用。秋分一直看到了晚上,看得兴起时还挥笔赋诗一首:"月似钩,银光晒之江,不觉已是霜满头,惊看钱潮浩荡,思绪绵绵任天飞。晨雾起,霞光映山河,挥毫疾风奔前程,写出人生精彩,岁月滔滔解千愁。"写完,秋分就心满意足地回大营去了。

欲知后事如何,且听下回分解。

第二十六回　白露做副官学艺　任侍卫效忠李靖

　　白露回到天宫后,被任命为托塔天王李靖的副手,白露一接到任命书,就去向李靖报到。李靖知道白露是玉帝的得意门生,加之这次挂帅出征取得了不俗的战绩,自然对白露高看一眼,于是就使出浑身解数,一五一十地把平生所学悉心传授于白露。白露本就功底扎实,加上勤学苦练,名师出高徒,一段时间下来,白露的军事理论素养与实战经验都有了长足的进步。开始时,白露对李靖了解不多,后来时间长了,就知道得多了:李靖不仅是天庭卫戍司令,而且还是玉帝座前的护法大神,玉帝非常倚重他。当年孙悟空大闹天宫时,玉帝第一个想到的便是李靖。

　　玉帝亲封李靖为"降魔大元帅",命他带哪吒三太子、巨灵神、四大天王等神前去捉拿孙悟空。结果李靖他们不仅没捉来孙悟空,反而出尽了洋相,让天庭颜面尽失。为何李靖屡战屡败,却能在天庭屹立不倒呢?白露仔细打探后,明白了原因:李靖的后台太硬了。

　　原来,李靖在做商朝的陈塘关总兵前,曾拜西昆仑度厄真人为师,学习五行遁术。后来,李靖因为长期在仙术上难有长进,所以便下山为官。三子哪吒出生后,因为得罪了东海龙王,被迫剔骨还父、割肉还母。哪吒被太乙真人救活后,找李靖报仇。李靖不是哪吒的对手,被追得东躲西藏。就在这时,燃灯道人出现了,给了李靖一座克制哪吒的玲珑宝塔。李靖用宝塔收服了哪吒,并拜燃灯道人为师。从此,李靖就习惯了宝塔不离身,托塔天王的名号由此而来。度厄真人和燃灯道人都是高人,所以李靖后台硬,这是其一。

　　后来,李靖因助武王伐纣有功而位列仙班。他的儿子哪吒有三头六臂,也被封为中坛元帅。哪吒的师父太乙真人在昆仑十二金仙中排行第五,也是元始天尊的弟子之一。玉帝的位置是三清扶他坐上去的,所以对元始天尊的道教门徒,玉帝都格外谨慎地对待。动一个李靖不要紧,但后面却牵扯了一大帮人。除了三太子哪吒,李靖还有两个儿子为佛教效力。长子金吒是灵山的前部护法,次子木吒是观音菩萨的徒弟。而他之前的另一个师父燃灯道人也入了佛教,成为燃灯古佛。燃灯古佛在佛教的地位比如来还略高一点,所以李靖在佛教界也能说得上话。背靠佛教、道教两座大山,李靖在天庭的地位稳如泰山。这是李靖后台硬的第二点。

还有第三点,除了背后的势力外,李靖本身对玉帝忠心耿耿,虽然自身实力达不到顶尖水平,但他为人实诚,他的忠心为玉帝所欣赏。更关键的是,李靖此人没什么政治野心,玉帝不用担心他拥兵自重或者篡位什么的。天庭中派系林立,为了平衡诸部势力,玉帝必须选出一个既能让众人信服,实力又不是那么突出的神。久经考验的李靖便是玉帝精心挑选的那个神。

白露后来又进行了分析,那么天庭中有没有可以替换李靖的神呢?可以说有,也可以说没有。二郎神作为玉帝的外甥,武艺高强,又是亲属,本来是合适的人选。但二郎神因为他母亲的事和玉帝有过节,一直看玉帝不顺眼,对他是面和心不和、听调不听宣。玉帝知道,选用天庭的卫戍司令是关系到自己性命的大事,如果贸然把大权交到一个有野心的神手中,那他就会成为砧板上的鱼肉,任人宰割。与其冒这种风险,还不如让能力差点的李靖干着,毕竟大闹天宫造反作乱的事也不会经常发生。所以玉帝一直不肯重用二郎神,对李靖则信任有加。这么多年下来,李靖的地位一直稳稳当当。

当然,玉帝这次任白露为李靖的副手,朝野上下是有微词的,其中隐含的深意只有玉帝心里清楚。好在李靖、白露为人正直,心里想的是怎样把工作做好,个人的进退并不看重,因此正副主帅如师徒父子一样,关系十分融洽,博得了天宫上下的一致称赞。

欲知后事如何,且听下回分解。

第二十七回　迎佳节大军放假　钱江源秋分探幽

秋分过后,杭州的天气一如既往地忽冷忽热,雨水显得格外多,古老的节气还真的有点和现实脱节了。好在四季依然保持不变的节奏,不知不觉中就到了蟹肥菊黄、桂花飘香的时节,空气中弥漫着的香味已持续了十多天。桂子月中落,天香云外飘。秋分元帅上任十多天后,迎来了中国人的重大节日——国庆节和中秋节。入乡随俗,秋分元帅觉得眼下政通人和,于是宣布给大家放个长假。秋分元帅下班后从小区走过,家家户户飘着大闸蟹独特的香味。在江南,秋天哪能没有大闸蟹?连沾着蟹黄的小菜这时都格外让人垂涎欲滴,蟹黄豆腐、蟹黄狮子头虽然四季都能吃到,但唯有这个季节的最鲜香、最正宗。桂香、蟹香、菊香,中秋、月圆、枫红,节日气氛甚是浓厚!

秋分前几天刚考察了钱塘江上的几座大桥,被钱江大桥的雄伟壮观深深震撼,也为钱塘江这条浙江的母亲河而感叹不已。这次刚好有个长假,秋分于是沿着钱塘江一路往上,由转塘经富阳、桐庐、建德、淳安,过富春江、新安江,沿着千岛湖周边转了一圈,最后到了开化境内的钱塘江发源地——钱江源国家森林公园。

钱江源国家森林公园,位于钱塘江的源头——浙江省开化县齐溪镇。开化县地处浙、皖、赣三省七县(市)交界,北靠黄山,东连千岛湖,西依三清山、婺源,是森林科考、生态旅游、休闲度假的"金三角",是人人向往的天然氧吧、休闲圣地。全县森林覆盖率达 80.4%,生态环境总体质量在全国各个县(市)中名列前茅,大气质量、水体质量、生物丰度、植物覆盖率指数位列前 10 位。开化正在建设国家公园,目前,中国已设立了 10 个国家公园体制试点,分别是三江源、东北虎豹、大熊猫、祁连山、湖北神农架、福建武夷山、浙江钱江源、湖南南山、北京长城和云南普达措国家公园体制试点。

浙江省选择开化钱江源作为国家公园试点地，可见开化钱江源的生态环境多么优质以及保护钱塘江源头的重要性。钱江源森林公园峰峦叠嶂、谷狭坡陡、岩崖嶙峋、飞泉瀑布、潺潺溪流、云雾变幻、古木参天、山高林茂，珍禽异兽众多，自然资源、人文资源极为丰富。钱江源景区由传奇的七叶莲花塘景区、人称"江南第一飞瀑"的大峡谷景区、世外桃源、爱情圣地枫楼坑景区等组合而成。钱江源因其生态美景荣获"浙江最美生态景观""浙江省十佳避暑胜地"等荣誉称号。

秋分来到钱江源，发现这里遍地金黄，远离车水马龙的喧嚣，亦无灯红酒绿的浮华。山水间时有时无的鸟鸣、农舍忽远忽近的犬吠鸡啼不时传来，还有浮桥、曲堤、湖光、田园尽收眼底。这里是河的源头、云的故乡、花的世界、林的海洋、鸟的乐园。秋分就在这里安下心来，享受着与青山绿水为邻、和油茶花香为伴的生活。这两天一路走来，秋分感慨万千，遂提笔写道："秋分时节丹桂香，蟹肥橘黄农夫忙，最是秋色撩心神，一路风景一路情。"秋分题诗完毕，就迫不及待地去森林公园的主要景点游了一遍，包括落差约120米、呈4级的飞天瀑布，悬崖高达200米、石壁如削、深不可测的百丈魔崖，九瀑同源、形态各异的九瀑十八潭。石滩泉擎天苍松傲立，倚松可闻潺潺瀑布声，真正体现了"钱江源头、林茂树古、峰雄瀑飞、人文点缀"的主要特色，正如诗中所云："碧水淙淙入海流，钱江千里是源头，老林密树皆天趣，原始风光待客游。"

钱塘江之发源地的名声使钱江源森林公园独具吸引力，其浓郁而独特的地方特色吸引了众多游客。秋分对钱江源赞不绝口，就发了条微信给副帅："你在江边观钱江潮，我在开化探钱江源"。

欲知后事如何，且听下回分解。

第二十八回　访农居老者论道　问男童秋分出题

秋分元帅利用放假时间,追根溯源,一直探寻到了开化境内的钱江源国家森林公园,游玩了飞天瀑布、百丈魔崖、九瀑十八潭、古松闻音等景点,深深体会到绿水青山就是金山银山的道理。秋分在景区里玩了两天,主要景区都去过了,这天闲着没事,就在附近随便逛逛。突然,秋分想去老百姓家里看看,便来到前面一户农家讨口水喝。屋里走出一位老农,很是热情,请秋分进屋里坐,并端上茶来。秋分道谢后,就和老农攀谈起来。

秋分问起老农现在的生活,老农表示很满意,老农说:"我家祖祖辈辈都生活在这里,深知'天育物有时,地生财有限'的道理,也知道'草木荣华滋硕之时则斧斤不入山林,不夭其生,不绝其长也','竭泽而渔,岂不获得?而明年无鱼;焚薮而田,岂不获得?而明年无兽'等朴素的观念。"

秋分问老农:"现在和以前相比最大的区别在哪里?"

老农说:"最大的区别就在于现在的领导重视生态环境了,以前是开荒种粮,现在是退耕还林。我们这里是钱塘江的源头,上面的领导经常来宣传,什么良好的生态环境是最公平的公共产品,是最普惠的民生福祉。对人的生存来说,金山银山固然重要,但绿水青山是人民幸福生活的重要内容,是金钱不能代替的。你挣到了钱,但空气、饮用水都不合格,哪有什么幸福可言?现在我们这里的山林全部划为公园,一草一木都要保护好。政府发给我们公益林补偿金,我家里一年光公益林补偿金就有几万元,游客多了,村里很多人都搞起了农家乐,或者去景区承包个小卖部,卖些土特产,也可以去打工,挣一份固定工资。总之,现在的收入比以前在山上种玉米、番薯的收入强多了，还是党的政策好，让我们偏远山区的老百姓也过上了好日子。"说到这里，老人满意地笑了笑，继续说道，"听说我们开化作为国家公园试点，以后会有更多保护环境的优惠政策出台，我们的好日子还在后头呢。"

秋分连连点头，说："是啊，是啊。"

正当他们说着话时，从外面跑进来一个男孩，连声叫着"爷爷，爷爷"，并扑到了老农的怀里。那男孩约莫十岁，生得聪明伶俐，十分讨人喜欢。老农摸摸小孩的头，对秋分说："这是我的孙儿，在开化城里住，读小学三年级了，今天放假，回老家看我来了。"

秋分正想了解一下这方面的情况，就问了小孩一些问题，包括小学上几门课、课业负担重不重、考试成绩怎么样等问题。小男孩一一做了回答，并且言谈举止非常有礼貌，让秋分赞不绝口。

老农对秋分说："我也不知道孙儿学得怎样，客人到此旅游，想必是大城市来的人，可否出题考一考他？"秋分询问小孩愿意否，小孩马上点头同意。秋分就出了下面这道题：甲、乙、丙三人中，有一个医生、一个教师和一个警察。已知乙比警察年龄小，丙和医生不同岁，医生比甲年龄大，请你判断甲、乙、丙分别是什么职业。没想到，秋分出题后不到一分钟，小男孩就报出了答案：甲是教师，乙是医生，丙是警察。秋分大为吃惊，心想估计是小男孩蒙出来的，就要小男孩解释是怎么算出来的。小孩说："根据已知条件，丙和医生不同岁，医生比甲年龄大这两条，可立即得到医生是乙的结论，根据医生比警察年龄小，医生比甲年龄大这两条，可知警察年龄最大，是丙，教师就是甲。"

秋分频频点头，又问小孩："这道题你们班里有多少人可以做出来？"小孩说："这道题我们班同学大都可以做出来。"这时，门外有小朋友来招呼小男孩去玩。小男孩朝老农看了看，老农说："去吧，去吧。"小男孩叫了声"叔叔再见"，就欢快地跑出去玩了。

第二十八回　访农居老者论道　问男童秋分出题

秋分看时间不早了,就和老农道谢告别,回山庄去了。回到山庄后,秋分给天宫发了一则简讯,历陈现在的中国政通人和,人民生活安定,生态文明建设、小康社会建设卓有成效,年少一代勤奋好学,国家前途不可限量,中国厉害了。结论是天佑中华,实现中国梦。

欲知后事如何,且听下回分解。

第二十九回　中秋节平湖赏月　广寒宫嫦娥对课

2017年10月2日，秋分元帅利用国庆、中秋长假去钱塘江源头考察、游玩了两天，到了10月4日，秋分掐指一算，正是农历八月十五中秋节，就急急忙忙往回赶，想回去看看杭城的居民中秋节是怎么赏月的。秋分回到杭州时，天已漆黑。秋分举头仰望，圆圆的月亮高高地悬挂于深邃的苍穹中。凝重的云块漂浮在周围，犹如远方的游子，写满相思的泪滴。那泯灭不了思念的月光，如何寄托心中那沾湿的云彩？秋分走到哪里，月亮就跟到哪里。

秋分向当地居民打听杭州最好的赏月地在哪里，被告知在西湖白堤的平湖秋月。秋分于是直接赶往平湖秋月。在杭州西湖，人们历来认为，最佳赏月地在白堤西端，有一处月白风清的地方，那就是西湖十景之一的平湖秋月景区。它背靠孤山，面临西湖的外湖，景观沿湖一字排开，包括御碑亭、水面平台、四面厅、八角亭、湖天一碧楼等建筑。

由于它伸出水面的平台非常宽广，视野十分开阔，因此成为一流的赏月胜地。平湖秋月三面临水，人们在此眺望湖光山色，无论是春夏秋冬还是阴晴雨雪，都觉得趣味盎然。平湖秋月如此闻名，是有科学原因的：杭州地处亚热带北缘，从地球和太阳的运行规律来看，春夏秋冬四季分明；从地球和月亮的关系来看，月亮的圆缺都有规律，秋季时，月亮离地球的北半球较近，从杭州所处的地理位置看，月亮与地表的夹角不会超过60度。月光是太阳的反射光，柔和清凉，给人以虚幻、虚无的感觉。

杭州秋季的天气以晴好为主，晚上的气温约20摄氏度，相对湿度为80%，风速每秒3到4米。大气中的扬尘等杂质较少，月光的穿透率特别

第二十九回 中秋节平湖赏月 广寒宫嫦娥对课

高,云淡风轻,天高气爽,气候宜人,因此看到的月亮显得特别大、特别圆、特别亮、特别清澈皎洁,故有"四时月好最宜秋""月到中秋分外明"之说。西湖秋夜之月,自古公认为良辰美景,充满了诗情画意。平湖秋月,高阁凌波,倚窗俯水,平台宽广,视野开阔,秋夜在此纵目高眺远望,但见皓月当空,湖天一碧,金风送爽,水月相溶,不知今夕何夕。

其实,美景又何止秋季,何止月夜。清骆成骧撰有一副楹联:"穿牖而来夏日清风冬日日,卷帘相见前山明月后山山。"平湖秋月的对面湖中是另一个西湖十景之一——三潭印月。当年苏东坡疏浚西湖后,为了标示湖泥再度淤积的情况,在堤外湖水最深的3处立了3座瓶形石塔以示标记,形成了"湖中有深潭,明月印水渊,石塔来相照,一十八月圆"的奇异景致。中秋之夜,园中的工人会乘船去湖中,在每座塔的中心点上一支蜡烛。圆形的洞中闪耀着蜡烛的光芒,远看像月亮一样。每座石塔有5个洞,3座石塔总共可映出15个月亮,加上倒影共30个,再加上天上一个,倒映一个,最后一个是游人的心中月:33个月亮这一奇异景致只有在月朗天清的中秋之夜才能观赏到。在中秋月明之夜,到西湖泛舟,领略"烟笼寒水月笼纱"的美景是最惬意的事。3座石塔矗立在碧波荡漾的湖面上。灯光从塔中透出,宛如一轮轮明月倒映在湖中。皓月当空时,月光、灯光和湖光交相辉映,月影、塔影、云影互相映衬,画出一幅"一湖金水欲溶秋"的美景,让人流连忘返。此时的空中月、水中月、塔中月与赏月人的心中月交相辉映,神思遄飞,一向为游客所心仪,三潭印月由此得名。

秋分到平湖秋月时,那里已人山人海,"月是西湖明"中秋赏月晚会已经开始了。秋分抬头望望明月,一眼认出了广寒宫里的嫦娥,她正在舒展身姿,翩翩起舞。秋分正想和嫦娥打声招呼,嫦娥却先向秋分发了短信过来。嫦娥说:"秋元帅,我看到你了,别来无恙,前几日你来月宫时说过,中国人会陆续来探月,现在你到那里已经有些日子了,你知道他们到底什么时候能来吗？还有，你打听到了我夫君后羿的消息了吗？"嫦娥说着说着竟呜呜地哭了起来，兴许是有些不好意思，就躲到云层里去了。秋分马上回了一条短信过去："嫦娥，你那千古传说的柔情恨意，我在地球不再陪你心伤啜泣，只在心里默默地祝福寂寞广寒宫里的仙女们，生活继续诗情画意。在中秋月圆的夜晚，请你坚定信念，后羿一定能够登月，月宫必将得到开发，神舟飞船已经准备就绪，万事俱备，只欠东风。我也正在考察学习中国人的架桥本领，并已上奏天庭，建议架设天河大桥，天堑变通途的日子应该不远了。"

嫦娥收到秋分的短信后，笑容满面地从云层中钻了出来。只见一轮圆月高挂苍穹，特别亮、特别柔、特别美，赏月的人群中爆发出一阵欢呼声。

欲知后事如何，且听下回分解。

第三十回　建桥梁秋分调岗　访三农寒露上任

国庆中秋长假期间，天宫却没有放假，这一天天庭早朝，玉帝照例上朝值班，询问底下文武大臣可有本奏。太白金星奏道："玉帝，近期天上安定团结，天下也算太平。美国和朝鲜虽互不相让，也只是动动嘴皮子而已，毕竟在他们两边站着两个彪形大汉呢，这可不是闹着玩的。"玉帝说："还是要密切关注事态的发展动向，千万不能大意。"立秋出来奏道："玉帝，近期天河东边的织女常常捎信过来，强烈要求建设天河大桥，以便能常常回家团聚。住在月宫的嫦娥也再三要求天庭增加基础设施投入，加强道路桥梁等项目的建设力度。"

玉帝说："织女、嫦娥的心情可以理解，但万事不能操之过急，天河相隔如此之远，要在天河上架桥绝非易事。"立秋说："我们是不是先做些基础性研究工作？先论证一下天河大桥建设的可行性。"玉帝说："凡事成功的关键是人才，我们这里缺少桥梁方面的人才啊。"太白金星说："桥梁方面的人才倒是有一个，只是他重任在肩，抽不开身。"玉帝忙问："是谁？在哪里？"太白金星说："就是秋分，他正在地球上挂帅带兵。"玉帝说："那就把他调回来，毕竟秋分节气已过，寒露季节已到，可派寒露接任秋分的帅位。"

玉帝发话后，只过了两天，天宫就新成立了一个桥梁建筑设计研究院，首任院长就是秋分。秋分虽然对杭城有些依依不舍，但想到桥梁工程是自己从小的爱好，现在工作和爱好能够结合起来，也就愉快地奔赴新的工作岗位。我们暂且不说秋分如何研究桥梁建筑，先说说寒露的来历。

寒露是二十四节气中的第17个节气，是干支历酉月的结束以及戌月的起始。起始时间是每年的10月8日或9日，此时太阳到达黄经195°。"九月节，露气寒冷，将凝结也。"意思是寒露时的气温比白露时更低，地面的露水快要凝结成霜了。寒露时节,中国南岭及以北的广大地区均已进入秋季,东北和西北地区已进入或即将进入冬季。这一天,北京地区的白昼时长已缩短至 11 小时 29 分钟,正午的太阳高度已降低至44°09′。寒露过后,太阳高度继续降低,气温逐渐下降。白露、寒露、霜降 3 个节气都表示水汽凝结的现象,寒露是气候从凉爽到寒冷的过渡期。夜晚,当你仰望星空时,你会发现星空换季,代表盛夏的"大火星"已西沉。人们可以隐约"听"到冬天的"脚步声"了。这一时节,中国南方大部分地区的气温继续下降。华南日平均气温大多不到 20℃,即使是长江沿岸地区的气温也很难升到 30℃ 以上,而最低气温却可降至 10℃ 以下。西北高原除了少数河谷低地,平均气温普遍低于 10℃,按气候学划分四季的标准衡量,这里已进入冬季了。千里霜铺,万里雪飘,与华南地区的秋意盎然迥然不同。

谚语云:"白露身不露,寒露脚不露。"这句谚语就是提醒大家:白露节气一过,穿衣服就不能再赤身露体了;寒露过后,人们应注意足部保暖。秋冬季交替时节,要合理安排秋季衣食住行,尽量与气候变化相适应,这对于保持身体健康十分重要。寒露元帅从小和秋分一起玩到大,秋分从小对桥梁、建筑感兴趣,而寒露从小喜欢农事,对花花草草特别感兴趣,经常单独到野外去采集标本,对农村、农业、农民很有感情。

寒露知道,这一带是跨虹桥文化的发源地,周边有良渚文化、河姆渡文化发源地。因此,寒露感到很兴奋,一上任就和秋分办完了交接仪式,并三下五除二地把工作布置好,接着一头扎进他喜欢的农事活动中去了。寒露知道,现在暂无战事,军中文由钱部长负责,武由岳参谋长担纲,他并没有多少事要做,只要用好他们几个就万事大吉了。寒露在办公室的门上写了副对联:"一日三餐有味无味无所谓,爬冰卧雪冷乎冻乎不在乎。"这副对联公开表明了他的态度,省得一些多事者前来打扰他。

欲知后事如何,且听下回分解。

第三十一回　研节气文化遗产　排时辰奥秘无穷

寒露自接任元帅之位后，将帅府内的工作安排妥当后，就研究起他的业余爱好来。寒露知道，中国古代是农业社会，人们需要了解太阳的运行情况以指导农事生产。

人们在长期的社会实践中慢慢地积累了丰富的经验，比如古人将一年分成四季，将每个季节分成6个节气，一年就有24个节气。节气是中国古代确立的一种用来指导农事的补充历法，是汉族劳动人民长期的经验总结和智慧的结晶。这24个节气分别是立春、雨水、惊蛰、春分、清明、谷雨、立夏、小满、芒种、夏至、小暑、大暑、立秋、处暑、白露、秋分、寒露、霜降、立冬、小雪、大雪、冬至、小寒、大寒。现在，"二十四节气"已被正式列入联合国教科文组织人类非物质文化遗产代表作名录。每个节气时长约半个月，劳动人民还编制了简单易记的节气歌："春雨惊春清谷天，夏满芒夏暑相连。秋处露秋寒霜降，冬雪雪冬小大寒。每月两节不变更，最多相差一两天。上半年来六廿一，下半年来八廿三。"

古时候的中国人将一昼夜划分成12个时段，一个时段叫一个时辰，一个时辰刚好是今天的2小时。从西周起，人们就为每个时辰取了优雅别致的名字，又以地支来表示。时辰名，或描绘天地间一景，或阐明起居作息的道理。十二时辰是中国先民们的大智慧。如今，人们已习惯了24小时制，但也别忘了这些中国传统文化。所谓"生辰八字"，表示的是一个人出生时的具体时间。

寒露利用空余时间，首先从一天中的十二个时辰研究起，这十二时辰是这样的。

子时：23:00—1:00，称"夜半"，是今明两天的临界点，又名"子时""子夜""中夜"，意为"孕育"。子时是十二时辰中的第一个时辰。"古历分日，起于子半。"此时的天空像婴儿的眼眸，黑得纯粹。人早已歇下，老鼠悄悄出洞活动。

丑时：1:00—3:00，又称"鸡鸣""荒鸡"。丑是"扭"的本字。此时，天地间似有一双大手把夜幕与白天互相扭转。守时的公鸡会发出清啼，棚户里的牛正咀嚼着青草，人处于熟睡状态。

寅时：3:00—5:00，称"平旦"，又称"黎明""早晨""日旦"，处于夜与日的交替之际。此时，太阳虽还未出地平线，但遥远的天际早已显现一线生机，老虎蠢蠢欲动，是为寅时。黑暗即将过去，即将迎来晨光。天蒙蒙亮的时刻，属于所有坚持着的饱含希望的人。

卯时：5:00—7:00，称"日出"，又名"日始""破晓""旭日"，指太阳刚刚露脸、冉冉初升的那段时间。先民们告诉我们，要日出而作。在古代，官员们这会儿要上早朝、清点人数，称为"点卯"。

辰时：7:00—9:00，称"食时"，又名"早食"，这是吃早餐的时候。辰时，也是神话中的群龙行雨之时。此时，"早宜粥，宜淡素，饱摩腹，徐行五六十步"，意思是早餐宜喝粥、宜淡素，吃饱后徐徐行走五六十步，边用手按摩肚子。另外要"就事欢然，勿以小故动气"，意思是人要心情愉悦地做事，不要为一些小事动气。

巳时：9:00—11:00，称"隅中"，又名"日禺"。此时临近中午，艳阳当空，蛇正潜伏在草丛中，是为巳时。这是一天中的第一个黄金时刻，此时的工作效率最高。所以，人要以最饱满的精神状态做最重要的事。

午时：11:00—13:00，称"日中"，又名"日正""中午"。此时，太阳正运行到天宇之中，光线最强烈，阳气达到顶点，阴气将慢慢增多。相传，这时候的动物们都躺着休息，只有马还站着，所以午时是属于马的。

未时：13:00—15:00，称"日仄"，又名"日昳""日央""日跌"。过了正午,太阳开始往西偏移,这时的太阳位置与隅中相对。午时,人们会有些困倦,但到了未时,人们要从困倦中醒来,慢慢调整状态。这是一天中的第二个黄金时刻,人要抓住时机高效地工作。

申时:15:00—17:00,称"哺时",又名"日铺""夕食"。据说,这时猴子的叫声最清亮,是为申时。古人常常以一个"哺"字,代替哺时。杜甫诗云:"整履步青芜,荒庭日欲哺。"白居易诗云:"但惜春将晚,宁愁日渐哺。"

酉时:17:00—19:00,称"日入",又名"日落""日沉",意为"太阳落山的时候",这是白天进入黑夜的标志。酉时,人们开始收工返家,鸡开始归巢,飞鸟也回到了丛林里的窝。"日出而作,日落而息",是先民留传给后人的智慧。酉时,"宜晚餐勿迟,量饥饱勿过"。

戌时:19:00—21:00,称"黄昏",又名"日夕""日暮""日晚"。太阳已经落山,天将黑未黑。天地昏黄,万物朦胧,故称"黄昏"。

亥时:21:00—23:00,称"人定",又名"定昏",这是一昼夜的最后一个时辰。据说,猪这时候睡得最香甜,发出的鼾声最响亮,是为亥时。人定,即人静,这时候人应该安抚心情,切勿心浮气躁,宜好好休息。

寒露对十二时辰研究发现,十二时辰表时独特、历史悠久,是中华民族对人类天文历法的一大杰出贡献,也是灿烂的中华文化瑰宝之一。十二时辰后来和十二生肖连在一起:子鼠、丑牛、寅虎、卯兔、辰龙、巳蛇、午马、未羊、申猴、酉鸡、戌狗、亥猪。古时表示时间的方法还有另外一种:一日有十二时辰(一个时辰合现在的 2 小时),一时辰有八刻(一刻合现在的 15 分钟),一刻有三盏茶(一盏茶合现在的 5 分钟),一盏茶有两炷香(一炷香合现在的 2 分 30 秒),一炷香有五分(一分合现在的 30 秒),一分有六弹指(一弹指合现在的 5 秒),一弹指有十刹那(一刹那合现在的 0.5 秒)。寒露越研究越感兴趣。中国古代文化源远流长,里面的奥秘太多了,寒露对此充满了好奇。

欲知后事如何,且听下回分解。

第三十二回　为民寒露访教授　解困袁老创奇迹

寒露下凡后,先对二十四节气进行了学习,又对一天中的时辰八刻用心钻研了一番,被中国古代劳动人民创造的文化智慧深深震撼。寒露了解到,中国人都是炎黄子孙。这位炎帝可了不得,他是个农业科学家,传说他就是神农氏。炎帝教会了中国人耕种,结束了人们只能采野果子、捕野兽吃的历史。炎帝还亲尝草药,发明了中草药,防止了传染病的传播,但这已经是4000多年前的事了。

中国现在已经有13亿多人口,这么多人的吃饭问题是怎么解决的呢?带着这个问题,寒露一大早就去拜访了农林大学的王教授。王教授告诉寒露,民以食为天,粮食问题是一个根本问题,要保证一定的粮食产量,就必须要有相应的耕地面积做支撑。为此,国家制定了严格的耕地保护政策,划定了18亿亩耕地红线,规定建设项目使用耕地必须占补平衡。寒露插嘴问道:"我看现在全国各地都在搞建设,必然要大量使用耕地,那耕地从哪里补呢?"王教授叹了一口气,说:"是有些难呢,补充的耕地一是闲置的抛荒地、未利用地,二是利用低丘缓坡开发耕地,三是搞围垦、围海造地。"寒露点点头,但心里想:"这山上造的地和围垦的地能和良田比吗?"他突然想起来,他以前看到一些人开着推土机在坡地上不停地挖,原来是在干这个。寒露又问:"那这些耕地上主要种些什么呢?"王教授说:"主要种粮食作物,也种蔬菜和水果。当然有些地方受利益驱使,也有种植花卉苗木的。所谓'粮食作物',是以收获成熟果实为目的,经去壳、碾磨等加工程序而成为人类基本食粮的一类作物。"

粮食作物主要分为谷类作物、薯类作物和豆类作物。粮食作物包括小麦、水稻、玉米、燕麦、黑麦、大麦、谷子、高粱和青稞等。其中,小麦、水稻和玉米占世界粮食作物的一半以上。粮食作物是人类主要的食物来源。在中国,先民们7000年前就开始种植水稻了;约在6000年前,中东地区的人开始种植小麦,但那种小麦比现代小麦原始;印度人约3000年前才开始种植水稻;约7000年前,美洲人开始种植玉米。

寒露问:"为什么称它们为粮食作物?"王教授说:"因为它们为人类提供粮食。"

粮食作物中,谷类作物包括稻谷、小麦、大麦、燕麦、玉米、谷子、高粱等;薯类作物包括甘薯、马铃薯、木薯等;豆类作物包括大豆、蚕豆、豌豆、绿豆、小豆等。粮食作物又称食用作物,含有淀粉、蛋白质、脂肪和维生素等物质。粮食作物不仅为人类提供了食粮和某些副食品,以维持人类生命的需要,而且为食品工业提供了原料,为畜牧业提供了精饲料和大部分粗饲料,故粮食生产是多数国家农业的基础。

通常,粮食作物也是农作物中的主要作物,世界粮食作物种植面积约占农作物总播种面积的85%,其中,小麦、稻谷和玉米约占世界粮食总产量的80%。中国是世界上最大的产粮国,粮食作物占农作物总播种面积的70%以上,粮食总产量及稻谷、小麦、谷子、甘薯的产量均居世界前列。

寒露说:"中国这么多人,粮食总产量居世界前列是必然的。那现在水稻的种植情况怎么样?"

王教授说:"现在水稻种植以杂交水稻为主,说到杂交水稻,一定要说说袁隆平。袁隆平是中国杂交水稻育种专家、中国工程院院士,被称为'杂交水稻之父',是杂交水稻研究领域的开创者和带头人。他致力于杂交水稻的研究,先后成功研发出'三系法'杂交水稻,'两系法'杂交水稻,超级杂交稻一期、二期。与此同时,袁隆平提出并实施了'种三产四丰产工程',取得了丰硕的关于超级杂交稻的技术成果,袁隆平先生从事杂交水稻研究已经半个多世纪了,他不畏艰难、甘于奉献、呕心沥血、苦苦追求,为解决中国人的粮食问题做出了重大贡献。袁隆平先生的杰出成就不仅影响了中国,而且影响了世界。50多年来,他始终在农业科研第一线辛勤耕耘、不懈探索,运用科技手段为人类战胜饥饿带来了绿色的希望和金色的收获。他的卓越成就,不仅为解决中国人民的温饱问题和保障国家的粮食安全做出了贡献,也为世界和平和社会进步树立了丰碑。"

寒露说:"是啊,袁先生大名如雷贯耳,有机会我一定要去拜访他。听说现在海水稻种植也取得了突破。"

王教授喝了口水,说道:"海水稻是耐盐碱杂交水稻,能够在海水中生长。它是在现有的自然存活的高耐盐碱性野生稻的基础上,利用遗传工程技术,选育出的可供产业化推广的、在盐度不低于1%的海水灌溉条件下能正常生长且亩产量能达到200~300公斤的水稻品种。全球有9.5亿公顷盐碱地,其中1亿公顷(15亿亩)在中国,2.8亿亩可以开发利用。如果中国15亿亩盐碱地都能种上海水稻,按亩产300斤算,每年总产量可达4500亿斤,足以养活2亿人。在海水稻的培育中,做出了突出贡献的是一位叫陈日胜的农业专家。目前,袁隆平、陈日胜两位水稻育种专家正在合作研究试种海水稻。"寒露专心致志地听着王教授的介绍,时近中午,他怕影响王教授休息,就约定下次再来请教王教授。

欲知后事如何,且听下回分解。

第三十三回　访朋友樟王说事　建公园水杉应聘

寒露近来忙个不停，又是研究时辰八刻，又是关心人类的吃饭问题，等忙过一阵后，才猛然想起他从小的爱好：和花花草草打交道。于是，他抽空去拜访了当地植物界的元老——香樟王。寒露以前虽然住在天宫，但他常去采集植物标本，和香樟王也算是老朋友了。寒露到达香樟王的驻地时，香樟王刚好在给植物们讲故事。寒露不便惊动他，就坐在一旁听了起来。

香樟王的故事是这样的：自从杭州西溪湿地公园建起来后，人们想在钱塘江口建一个更大的湿地公园，现在，这个想法马上要变成现实了，杭州大江东国家级湿地公园要开建了。

由于公园面积大、范围广、投资多，项目建设不仅引起了动物界的关注，也得到了植物界的高度重视。植物界管理小组决定任命出淤泥而不染的荷花为湿地公园园长，荷花清正廉洁，众望所归；任命芦苇为湿地公园第一副园长，芦苇手下兵多将广，在公园里势力很大，便于搞好团结、平衡关系；任命菱角为湿地公园第二副园长，因为菱角是生态效益与经济效益相结合的典范。湿地公园领导班子一成立，荷花园长就带着班子成员大刀阔斧地干起来，勤勤恳恳、任劳任怨，荷花园长身先士卒、敢于担当，芦苇、菱角密切配合，各负其责，公园工作顺利推进，得到了植物界的一致好评。

按照公园的总体布局，三位园长落实了公园各功能区块的植物配置，湿生、水生植物主要有荷花、睡莲、芦苇、菱角、鸢尾、旱伞草、茭白、水葫芦；灌木主要有蜡梅、含笑、南天竺、红花檵木、茶梅、金丝桃、木槿、木芙蓉、海桐、八仙花、绣线菊、黄杨、夹竹桃、金钟花、小蜡；竹类主要有孝顺竹、四季竹、凤尾竹、金竹、紫竹、淡竹、方竹、佛肚竹；草坪和地被植物主有狗牙草、结缕草、马蹄金、酢浆草、吉祥草;藤本植物主要有劈荔、野蔷薇、紫藤、爬山虎、常春藤、凌霄、忍冬、藤本月季、络石、葡萄、木香、美国地锦;多年生花卉主要有兰花、葱兰、韭兰、芍药、金盏菊、美人蕉、萱草、月季等。就在大家都以为大功告成,可以歇一口气时,荷花园长总觉得哪里不对。他左思右想,终于想出来了,笑着对芦苇、菱角说:"我把植物界的兄弟们都想到了,却唯独忘了陆生植物中唱主角的乔木大哥,我们这里虽然是湿地公园,乔木虽然不是主角,但缺少了乔木大哥,终是压不住阵脚。那选择什么样的乔木树种呢?我还要和两位仔细商量商量。"芦苇副园长说:"我们这边是湿地公园,盐碱性较重,恐怕适合的乔木不多,就是有合适的,也不知道它们肯不肯来。"

荷花园长说:"我们都是湿生、水生类,对乔木类确实了解不多,要选出一位乔木树种的头儿来,由它负责招兵买马就可以了。这带头大哥选谁呢?"还是菱角副园长脑子转得快,他提议道:"我们采用公开招聘的方式吧,这样显得公开、公平、公正。"荷花园长连忙说,这个办法好。

三位园长于是连夜拟定了招聘方案:先报名,符合基本条件的参加理论考试,理论考试前三名参加面试。面试第一名者就是乔木类的带头大哥,将被授予挑选其他乔木兄弟的大权。经过报名、初审、理论考试三个环节,考试结果出来了。今天是面试的日子,荷花园长和芦苇、菱角两位副园长一早来到了面试地点。上午8时30分,面试正式开始。第一位进来的是水杉。水杉是落叶乔木,胸径粗壮、高大威猛、虎虎生风。荷花园长让其自我介绍一分钟。水杉说:"我是稀有树种,起源于冰川时期,素有'活化石'之称,为中国特有,亦称'植物界的大熊猫'。树形优美,树干高大通直,高可达35~41.5米,胸径可达1.6~2.4米,多生长于地势平缓、土层深厚、湿润或稍有积水的地方,耐寒性强、耐水湿能力强,在轻盐碱地也可以生长,喜光,根系发达,生长速度快,树干基部通常膨大、有纵棱,是平原、湿地、城乡绿化的最佳选择。"

第二位进来的是池杉。池杉也是落叶乔木,树形婆娑,枝叶秀丽、婀娜多姿。池杉的一分钟陈述是这样的:"我乃池杉,源自美国,后被引进到杭州、武汉、庐山、广州等地;主干挺拔,树冠呈尖塔形;速生树种,喜阳,耐寒性较强,极耐水淹,也相当耐干旱;适生于水滨湿地,特别适合在水边湿地成片栽植、孤植或丛植作为园景树,可在河边和低洼水网地区种植,或在园林中孤植、丛植、片植,亦可列植作为道路的行道树;木材纹理通直,结构细致,具有丝绳光泽,不翘不裂,工艺性能良好,是造船、建筑、枕木、家具、车辆的良好用材。"

第三位进来的是落羽杉。落羽杉也是落叶乔木,树干圆满通直,树冠呈圆锥形。落羽杉进入考场时器宇轩昂,他的一分钟陈述是这样的:"我乃落羽杉,原产于北美及墨西哥。现在,中国广州、杭州、上海、南京、武汉等地均引种栽培;主干挺拔,树冠呈圆锥形或伞状卵形;速生树种,长势旺盛,树形优美,可作为庭园观赏树种;根系特别发达,可深入3米以下土层,通常有数条主根和大量细根,在低湿地或河湖滩地、堤岸上生长时,会在根部向上长出伸出地面的'根膝','根膝'高矮不等,能起到一定的通气、固着和贮藏养分等作用;耐水湿,可作为固堤护岸的首选树种;木材材质优良,有'永不腐朽之木'的称号,是造船、建筑、枕木的上好用材。"

三位应聘者的面试结束了,最终成绩是:水杉91分,池杉90分,落羽杉89分。荷花园长当即宣布:水杉为乔木树种的带头大哥,待公示程序结束后,正式发文确认。考虑到池杉、落羽杉也相当优秀,荷花园长当场指出:水杉当选带头大哥后,一定要不计前嫌,优先将池杉、落羽杉纳入团队,共同为湿地公园的发展做出贡献。水杉当即表示:"感谢三位园长的信任,我一定不辜负领导的期望,把乔木类树种的配置工作落实好。"香樟王的故事讲完后,植物们爆发出一阵热烈的掌声。香樟王这才发现寒露等在那里,于是连忙将其迎入内室。

欲知后事如何,且听下回分解。

第三十四回　访美国招树引材　谈体会日新月异

　　寒露与香樟王是多年的朋友,那时,寒露玩花花草草时,常常一不小心跨越天界进入地界,有几次还差点闹出事来,一来二去就认识了香樟王等植物界的一些同人,后来见的次数多了就成了好朋友。这次寒露挂帅杭城,有机会再次相见。有朋自远方来,不亦乐乎。香樟王拉着寒露的手,忙问寒露此次因何到此。寒露就把前后因果简单说了一遍,又问香樟王这些年来过得怎么样。香樟王就说:"我给你说个我亲身经历的故事吧。"寒露连声说好,香樟王于是说开了。

　　40年前,那时的中国开始改革开放。香樟王带着银杏、水杉等植物界同行去美国等西方国家招树引材。那边的同类一听说China,就连连摇头,不是说对China一无所知,就是说那里穷山恶水,谁愿意到那里去受苦受难。香樟王们费尽了口舌做了很多工作,宣传中国地大物博、文化底蕴深厚。银杏、水杉还现身说法,说他们家族在那里生活了几万年,现在不是长得很好吗?最后,池杉、落羽杉这些有点文化背景的小后生想去中国见见世面,于是就跟着香樟王们来了中国。

　　30年前,香樟王带着植物界同行又去了一次。这次就容易多了,因为香樟王们带了一封介绍信。信是池杉、落羽杉们写的,大意是:他们初到中国,正在创业,无法分身回家乡。中国是礼仪之邦,香樟王们值得信任。有了这封信,香樟王们很快就完成了任务,带着新引进的树种回国了。

　　20年前,香樟王们又去了一次。这一次,香樟王、银杏、水杉等国内同行一下飞机就游山玩水去了,因为跟着它们来的池杉、中山杉红光满面、神采奕奕地回老家去了。他们见到家乡父老跟他们讲述中国发生的巨大变化，说时还不停地竖起大拇指，说道："China，绿水青山，是个好地方。"这就是最好的宣传，香樟王们什么都不需要做，就满载而归了。

10年前，香樟王们再一次去时，一下飞机就傻眼了，因为他们被异国的花花草草包围了。这些家伙们斯文也不讲了，争先恐后地介绍自己，都不想失去这个机会。但是，此一时彼一时，香樟王们这次来引进树种要执行严格的挑选标准：一是要求掌握标准，择优录用，杜绝讲人情、开后门的情况出现；二是要求提高警惕，严防国外的有害植物渗透进来，因为国内已经发现有一枝黄花、喜旱莲子草这样不怀好意的杂类混进来搞'颜色革命'，严重威胁到国内植物界的纯洁与统一。所以，出国前，香樟王们还专门集中去党校学习了半个月。不过还好，这次任务还是顺利完成了。

今年，香樟王们是偷偷摸摸地去的，因为他们吸取了上次的教训，怕被堵在机场脱不了身。并且，植物界高层有交代，回去时要实行严格的审查制度，各种物品都要进行检疫，防止把松材线虫病这样的害群之马带进来，也要防止把转基因植物带进来。所以香樟王们觉得，他们是老同志遇到了新问题，现在生活条件好了，工作反而越来越难了，要学的东西太多了。

好在现在有互联网、支付宝，不懂的东西可随时上网查询，香樟王们算是勉强完成了任务。但回来后，香樟王向植物界领导打了个报告，说他老了，已经跟不上现在日新月异的发展形势，下次让年轻的树带团去吧。植物界领导批没批准，到现在也没有定论。

香樟王的故事说完了，寒露听后连声叫好，高兴地说："看来老兄现在是过得越来越好了，那其他几位兄弟，比如紫薇、紫荆、紫藤过得怎么样？"香樟王说："你一提到他们，我就觉得好笑。"寒露忙问："何事可笑？"香樟王说："你不要急，待我慢慢说给你听。"

欲知后事如何，且听下回分解。

第三十五回　三紫吹牛论高下　樟王夸赞促团结

寒露和香樟王老朋友相见，分外亲热。寒露对植物界的几位兄弟都很关心，还问起了紫薇、紫荆、紫藤的近况。香樟王就慢慢地给寒露介绍了起来。原来，紫薇、紫荆、紫藤是哥们儿。有一天，吃饱喝足后，他们又聚在一起瞎吹牛，吹着吹着就起了争执，谁也不服谁，于是就把香樟王请来了。

香樟王来了后，就请他们各自说说自己的特点。紫薇年轻气盛，抢先说道："我的名字也叫'猴刺脱'，意思是我身上很滑，连猴子都爬不上来。请问世界上千树万木之中有几种树是没皮的？我们长大以后，外皮落下，树干光滑无皮。如果人们轻轻抚摸一下，我们立即枝摇叶动、浑身颤抖，甚至会发出微弱的'咯咯'的响声。这就是我们'怕痒'的一种全身反应，你们说奇不奇怪？"香樟王连忙说："奇怪，奇怪。"

紫荆接着说道："我们紫荆是先开花后长叶，早春时节，因开花时叶子尚未长出，树枝、树干上布满了紫色的花朵。叶片呈心形，圆整而有光泽，光影相互掩映，颇为动人。我们的树皮和花梗可入药，有解毒消肿之功效；种子可制农药，有驱杀害虫之功效，而且我们对空气中的有害气体有特别的抗性。你们说绚不绚丽？"香樟王点点头，说："绚丽、绚丽。"

接着，紫藤不慌不忙地说了起来："我们紫藤是攀缘缠绕性藤本植物，对气候和土壤的适应性特强，又耐寒、耐水湿，在贫瘠的土壤中也能生长，生长速度快，寿命长，缠绕能力强，姿态优美，风采迷人。暮春时节，正是我们吐艳之时，只见一串串硕大的花穗垂挂枝头，紫中带蓝，灿若云霞。灰褐色的枝蔓如龙蛇般蜿蜒。古往今来，画家们都视我们为花鸟画的好题材。你们说可不可爱？"香樟王拍拍手，说道："可爱，可爱。"听完他们的介绍,香樟王仍分不出高下,于是又让他们说说他们各自的故事。

紫薇说道:"在远古时代,有一种凶恶的野兽名叫'年',它伤害人畜无数,于是紫微星下凡,将它锁进深山,一年只准它出山一次。为了监管年,紫微星便化作紫薇花留在人间,给人间带来平安和美丽……"

紫藤接着说道:"有一个美丽的女孩爱上了一个白衣男子。可是白衣男子家境贫寒,他们的婚事遭到了女方父母的强烈反对。可女孩心意已决,非白衣男子不嫁。最终,两个相爱的人双双跳崖殉情。后来,他们殉情的悬崖边上长出了一棵树,那树上居然缠着一根藤,并开出串串花穗,紫中带蓝,灿若云霞,美丽至极。后人称那藤上开出的花为'紫藤花',紫藤就是那女孩的化身,树就是白衣男子的化身。紫藤为情而生,为爱而亡。"

紧接着,紫荆开始讲述他故事:"很早以前,田真与弟弟田庆、田广商议分家,别的财产都已分妥,只剩下堂前的一株紫荆树没分。兄弟三人商量决定将紫荆树截为三段。第二天,田真去截树时,发现树已经枯死,好像被火烧过一样。他感到十分震惊,就对两个弟弟说,这树本是一条根,听说我们要把它截成三段,它就枯死了,人还不如树木。兄弟三人都非常悲伤,决定不再分树,紫荆树竟然立刻复活了。他们深受感动,于是把已分开的财产又放在一起,从此不再提分家的事。后来,人们把紫荆作为家庭和睦、兄弟情深的象征。"听到这里,香樟王哈哈大笑道:"人类把紫荆作为团结的榜样,难道我们植物界还不如他们吗?你们不要争了,你们哥仨都是最奇怪、最艳丽、最可爱的树。"紫薇、紫荆、紫藤听香樟王这样说,顿时自觉惭愧,于是连忙齐声谢过香樟王,愉快地回各自的领地去了。

寒露听香樟王说到这里,忍俊不禁,笑出了声,说:"紫薇、紫荆、紫藤三兄弟也太有趣了,我倒要好好去会会他们。对了,牡丹、月季、杜鹃过得怎么样?"香樟王说:"这三姐妹也不肯闲着。"寒露忙问:"她们又怎么了?"香樟王说:"时间不早了,我们先去吃饭吧,边吃边聊。"

欲知后事如何,且听下回分解。

第三十六回　三花比美寻事儿　五项全能难分胜

香樟王带着寒露来到紫云饭店,点了几个菜,要了两瓶绍兴加饭酒,边吃边说牡丹、月季、杜鹃的趣事。原来,牡丹、月季、杜鹃是小姐妹,小姐妹就是这样:好的时候天天黏在一起,好得不得了;有时候又会因一语不合而争议不休,还常常会相互攀比。

这不,前段时间闲来无事,三姐妹又聚在一起,想着弄出点什么事来,说要搞什么公开比赛,非要决出高下来。这一天是比赛日,牡丹、月季、杜鹃早早来到了会场。评委席上坐着兰花、茶花、桂花,这三位评委在花界可谓大名鼎鼎。

此时,台下已座无虚席,花山花海,红彤彤一片,佛指花、牵牛花、狗尾草都来了。比赛开始后,兰花首先讲述了这次比赛的重要意义。接着,茶花介绍了比赛规则:比赛共分5轮,第1轮是选手自我介绍,分值为25分;第2轮是花语,分值为10分;第3轮是作诗,分值为20分;第4轮是才艺展示,分值为20分;第5轮是讲故事,分值为25分。5轮得分相加,得分高者胜出。接着,评委桂花问三位选手:"准备好了吗?"三位选手齐声说:"准备好了。"评委桂花宣布比赛正式开始。比赛先进行第一轮——自我介绍。牡丹的介绍词是:"我叫牡丹,品种繁多,为多年生落叶小灌木。花色艳丽,玉笑珠香,富丽堂皇,素有'花中之王'的美誉,因花大而香,故又有'国色天香'之称。我曾被选作中国的国花,还被评为中国十大名花之一。"

月季的介绍词是:"我叫月季,又称'月月红',蔷薇科,常绿或半常绿低矮灌木,四季开花,一般为红色或粉色,偶有白色和黄色,被称为'花中皇后'。我的原产地在中国,我是很多城市评选出来的市花。我的红色切花更成为情人必送的礼物之一,也是爱情诗歌的主题。"

杜鹃的介绍词是:"我叫杜鹃,又称'映山红',系杜鹃花科落叶灌木。中国是杜鹃花分布最多的国家,我的种类繁多,花色绚丽,花叶皆美,地栽、盆栽皆宜,是中国十大传统名花之一。我的特点是要求低、分布广,漫山遍野都是。"

评委点评道:"牡丹富贵华丽,月季四季开花,杜鹃量多面广、接地气。本轮投票结果如下,牡丹20分,月季21分,杜鹃22分。"第1轮结束后,杜鹃领先。接着进行第2轮——花语。牡丹的花语是:牡丹是百花之王,高洁、端庄、秀雅,仪态万千,国色天香,有圆满、浓情、富贵、雍容华贵之意。月季的花语是:月季是爱情的信物,是爱的代名词,表示纯洁的爱、热恋或热情可嘉等。杜鹃的花语是:第一,永远属于你;第二,代表爱的喜悦,喜欢杜鹃花的人纯真无邪;第三,满山杜鹃盛开之时就是爱神降临的时候。

第2轮投票结果出来了:牡丹10分,月季9分,杜鹃8分。第2轮结束后,3位选手得分相同,不分上下。接下来进行第3轮——作诗。牡丹张口就来:"庭前芍药妖无格,池上芙蕖净少情。唯有牡丹真国色,花开时节动京城。"月季随口接上:"牡丹殊绝委春风,露菊萧疏怨晚丛。何以此花容艳足,四时长放浅深红。"杜鹃毫不示弱:"蜀国曾闻子规鸟,宣城还见杜鹃花。一叫一回肠一断,三春三月忆三巴。"

至此,台下一片叫好声,有叫"牡丹牡丹,你真美"的,有叫"月季月季,我爱你"的,有叫"杜鹃杜鹃,好可爱"的。第3轮的得分很快就出来了:牡丹19分,月季20分,杜鹃19分。3轮过后,月季以微弱的优势领先。紧接着是第四轮——才艺展示。牡丹作了一幅牡丹画,造型写实,笔墨写意,水墨淋漓苍润,色彩艳而不俗,既有传统笔墨画的底蕴,又合乎现代人的审美要求,色、光、态、韵各臻其妙,雅俗共赏,自成一格。月季弹了一支钢琴曲,经过简练的前奏,钢琴高音区音色清脆悦耳,音响短促有力,组成了一连串生动逼真的鸣响。接下来,月季根据钢琴高音区的音色特点,奏出了不同节奏的乐声。交替变奏形成了高难度的辉煌华丽的段落。最后,乐曲在热烈欢快的气氛中结束。真是"此曲只应天上有,人间能得几回闻"。杜鹃唱了一首歌,她轻启朱唇,乐音从皓齿间缓缓飘出,入耳时说不出的美妙,五脏六腑仿佛被温柔地抚摸过一样,平静而安详。渐渐地,杜鹃越唱音量越高,忽然拔了一个尖儿,又戛然而止,引得众花一阵叫好。第4轮的得分出来了,牡丹19分,月季18分,杜鹃20分。4轮过后杜鹃排到了第一名。

激动人心的最后一轮开始了,这一轮是选手讲述自己的故事。

牡丹的故事是这样的。天寒地冻,万物萧条,百花凋谢,武则天到后苑游玩,见此情景,心里十分懊恼,于是对百花下令,速来开花。百花仙子接到诏令后,惊慌失措,于是众仙子聚集一堂商量对策。一个花仙子说:"这寒冬腊月要我们开花,不合时令,怎么办?"另一个花仙子说:"武后的圣旨怎能违背呢?否则,一定会落个悲惨的下场。"众仙子不敢抗命。于是,刹那间,只见后苑中五颜六色的花朵真的顶风冒雪,绽开了花蕊。武则天目睹此情此景,高兴极了,逐一清点,发现唯独少了牡丹花。武则天大怒道:"马上把这些胆大包天的牡丹逐出京城,贬到洛阳去。"谁知,这些牡丹到了洛阳后被人随便埋入土中,竟然也马上长出了绿叶,开出娇艳无比的花朵。武则天闻讯,气急败坏地派人立即赶赴洛阳,要将牡丹花全部烧死。无情的大火映红了天空,株株牡丹在大火中痛苦地挣扎、呻吟。然而,牡丹枝干虽已焦黑,但那盛开的花朵却更加夺目。牡丹花就这样获得了"焦骨牡丹"的称号,牡丹仙子因其凛然正气而被众花仙拥戴为"百花之王"。从此以后,牡丹就在洛阳生根开花,名闻天下。

月季的故事如下。很久以前,神农山下有一高姓人家,家有一女,名叫玉兰,年方十八,温柔沉静。很多公子王孙前来求亲,玉兰都不同意。

因为她有一老母,终年咳嗽、咯血,多方用药,全然无效。于是,玉兰背着父母,张榜求医:"治好吾母病者,小女愿以身相许。"一位名叫长春的青年揭榜献药。玉兰母亲服药后,果然痊愈。玉兰不负约定,与长春结为秦晋之好。洞房花烛夜,玉兰询问:"什么药方如此灵验?"长春回答道:"月季月季,清咳良剂。此乃家传秘方:冰糖与月季花合炖,乃清咳止血神汤,专治妇人病。"玉兰点头,记在心里。后人把月季作为爱情的信物,作为爱的代名词。

杜鹃的故事是这样说的。相传,古代的蜀国是一个和平富庶的国家,人们丰衣足食、无忧无虑,生活得十分幸福。可是,无忧无虑的富足生活使那里的人们慢慢地懒惰起来。他们纵情享乐,有时连播种的时间都忘记了。当时的蜀国皇帝名叫杜宇,他很爱他的百姓。看到人们乐而忘忧,他心急如焚。为了不误农时,每到春播时节,他就四处奔走,催促人们赶快播种,把握春光。人们慢慢地养成了坏习惯:杜宇来,他们就播种;杜宇不来,他们就不播种。终于,杜宇积劳成疾,告别了他的百姓。可是他依然牵挂着他的百姓,他的灵魂化为一只小鸟,每到春天,就四处飞翔,发出声声啼叫:"布谷,布谷。"直叫得嘴里流出鲜血,鲜红的血洒落漫山遍野,化成一朵朵美丽的鲜花。人们被感动了,开始变得勤勉。他们称那小鸟为杜鹃,称那鲜血化成的花为杜鹃花。

牡丹、月季、杜鹃的故事讲完了,台下掌声雷动,连见多识广的3位评委都被感动了。评委兰花挥挥手,示意大家静下来,并大声叫道:"你们的分还没有打出来呢。"过了一会儿,最后一轮的分数终于出来了。评委茶花用颤抖的声音报出得分:"本轮得分如下,牡丹24分,月季24分,杜鹃23分。"同时,评委桂花宣布了最后的总得分:"牡丹92分,月季92分,杜鹃92分。"最后的总得分一报出来,大家都呆住了,一片哗然,比了半天,出来个平分,怎么办?连久经沙场的兰花、茶花都不知如何是好。台下是一片吵嚷声,有说抽签的,有说加赛的,还是评委桂花老到,心想:

"何不留下悬念,择时再赛一场?"她和另两位评委商量后,又和3位选手沟通。牡丹、月季、杜鹃本就是为了图个热闹,听了评委的决定后,齐声说:"好,好,好。"

最后,评委兰花宣布本次比赛结束,下次比赛时间待定,欲知最终排名,还要看下次的比赛结果。

寒露一边吃菜,时不时地喝一口老酒,听了香樟王的讲述后,才发现植物界原来也这么好玩。以后回到天宫去,他也要把这些生动活泼的好节目带回去,人们总以为天宫很美很好玩,现在看来,地球上的生物生活得也很不错嘛。

欲知后事如何,且听下回分解。

第三十七回　樟王沽酒论名花　寒露赏花吟古诗

寒露和香樟王一边吃菜一边喝酒,还听香樟王讲了几个发生在植物界的故事。寒露深有感触,说:"植物界确实很好玩,研究花花草草是我平生的愿望,可惜现在身为天官,又担任镇守杭城天空元帅之位,身不由己啊。好在你在这里,我可以经常和你在一起交流学习,这也是一件美事。"香樟王也深有同感,说:"是啊,你虽然来自天界,但和我们一见如故,我们也算是老朋友了。"转眼间,春夏已逝,秋已深。寒露心想:"不如静下心来,好好欣赏大自然给予我们的恩赐,学会从一朵花中得到领悟。我在天宫时就听闻中国有十大名花,你今天就给我好好介绍介绍。"

香樟王说:"欣赏名花,离不开中国传统文化的精髓——诗歌,可谓一花一诗,惊艳千年。"寒露欣喜不已地说:"那自然再好不过,你快说给我听听。"

香樟王说:"我先说说梅花。梅花可是花中之魁。林逋在《山园小梅》中是这样写的,众芳摇落独暄妍,占尽风情向小园。疏影横斜水清浅,暗香浮动月黄昏。霜禽欲下先偷眼,粉蝶如知合断魂。幸有微吟可相狎,不须檀板共金樽。"

寒露说:"我记得梅花的花语是坚强、傲骨、高雅。"香樟王说:"是的,百花盛开的时候,你找不到梅花的身影,她不喜欢凑热闹。当百花凋谢、大雪纷飞时,她才兴致勃勃地顶风冒雪而来。"

寒露点点头说:"正是如此,我赞赏梅花的品格——不畏艰险、独树一帜。"香樟王说:"下面说说牡丹。牡丹是花中之王。刘禹锡在《赏牡丹》中是这样写的,庭前芍药妖无格,池上芙蕖净少情。唯有牡丹真国色,花开时节动京城。"寒露说:"我记得梅花的花语是圆满、浓情、富贵、雍容华贵。"香樟王说:"是的,折一枝牡丹送给你,带着沧海月明的柔情。从年少到古稀,如果你愿意,我将尘埃落定。"寒露说:"看来你也被感染了。"

香樟王说:"可不是吗?近朱者赤,近墨者黑,我长年累月和他们在一起,听文人墨客吟唱得多了,多少也学会了一些。"寒露说:"你还是继续介绍名花吧。"

香樟王说:"接下来说说菊花。菊花是冰霜时节绽放。陶渊明在《饮酒》中是这样写的,结庐在人境,而无车马喧。问君何能尔?心远地自偏。采菊东篱下,悠然见南山。山气日夕佳,飞鸟相与还。此中有真意,欲辩已忘言。"寒露说:"我记得菊花的花语是清净、高洁、真情。"

香樟王说:"菊花品种繁多,各有特色,有的秀丽淡雅,有的鲜艳夺目。菊花红的似火,白的似雪,粉的似霞……"寒露说:"你说得我心里都痒痒了。"

香樟王说:"那我再来说说荷花吧。荷花是水中芙蓉。周敦颐在《爱莲说》中是这样写的,予独爱莲之出淤泥而不染,濯清涟而不妖,中通外直,不蔓不枝,香远益清,亭亭净植,可远观而不可亵玩焉。"

寒露说:"荷花的花语是清白、坚贞纯洁、自由脱俗。"

香樟王点点头说:"是的,在翠绿的荷叶丛中,亭亭玉立的荷花像一个个披着轻纱在湖上沐浴的仙女,含笑伫立,娇羞欲语;嫩蕊凝珠,盈盈欲滴,清香阵阵,沁人心脾。"

寒露说:"听你这样一说,我也班门弄斧,写几句:荷苞初绽掩娇羞,层层花瓣裹莲蓬。微风荡漾绿叶丛,拂袖亭立百媚生。"

香樟王赞道:"不错不错,看来你也是个有潜质的诗人。"

寒露说:"听你这样说我好开心,还有别的名花吗?"

香樟王说:"有,下面要介绍的是月季。月季被称为花中皇后。杨万里在《腊前月季》中写道,只道花无十日红,此花无日不春风。一尖已剥胭脂笔,四破犹包翡翠茸。别有香超桃李外,更同梅斗雪霜中。折来喜作新年看,忘却今晨是季冬。"

寒露说:"月季的花语是持之以恒、等待希望、美艳常新。"香樟王自言自语道:"我仰着粉红的小脸,羞涩地微笑着。花蕊姹紫嫣红,在碧绿发亮的嫩叶的衬托下显得生机勃勃……"

寒露说:"停、停、停,太美了,我都陶醉了。"

香樟王说:"那么我说下一种名花:杜鹃。杜鹃也是中国十大名花之一。大诗人李白在《唐宣城见杜鹃花》中写道,蜀国曾闻子规鸟,宣城还见杜鹃花。一叫一回肠一断,三春三月忆三巴。"

寒露说:"我知道杜鹃的花语是爱的欣喜永远属于你。"香樟王说:"杜鹃花又名映山红,它风姿绝艳,灿若云锦,令人炫目,有'花中西施'之美誉。它能唤起人们对热烈美好的生活的追求,也是自强不息、生命力顽强的象征。"寒露说:"杜鹃花我太熟悉了,春季时漫山遍野都是,我喜欢得不得了。"

香樟王说:"还有一种名花是茶花。茶花被称为花中娇客。陆游在《山茶》中是这样写的,东园三日雨兼风,桃李飘零扫地空。唯有山茶偏耐久,绿丛又放数枝红。"寒露说:"茶花的花语是理想的爱和谦让。"

香樟王说:"茶花四季常青,叶片翠绿光亮,冬春之际开红色、粉色或白色花。茶花宛如牡丹,绚丽多娇,给人带来无限生机和希望。"寒露说:"那个小仲马的《茶花女》我看过,印象很深。"

香樟王说:"哈哈,你扯到哪里去了?我还是给你介绍兰花吧。兰花是君子之花。刘伯温在《兰花》中写道,幽兰花,在空山,美人爱之不可见,裂素写之明窗间。幽兰花,何菲菲,世方被佩资篱施,我欲纫之充佩韦,袅袅独立众所非。幽兰花,为谁好,露冷风清香自老。"

寒露说:"我记得兰花四季常开,花语是美好、高洁、贤德。"

香樟王说:"兰生深山中,馥馥吐幽香。偶为世人赏,移之置高堂。兰花那绰约多姿的叶片,高洁淡雅;神韵兼备的芳香,沁人肺腑。"

寒露问:"接下去还有什么名花要介绍?"香樟王说:"还有一种名花叫桂花,号称'十里飘香'。王维在《鸟鸣涧》中写道,人闲桂花落,夜静春山空。月出惊山鸟,时鸣春涧中。"寒露说:"我记得桂花的花语是友好、吉祥。"

香樟王说:"桂花素雅、大方,充满生机,浓郁的幽香熏得人都要醉了。它是崇高、吉祥、贞洁、荣誉的象征,是人们美好的祈愿和祝福。"

寒露说:"不光是人,就是神都会醉,上次秋分去月宫,就被吴刚捧出的桂花酒熏醉了。"

香樟王笑了笑,说:"你夸大其词了吧?秋分难道这么不胜酒力?"

寒露说:"这是我前几天和秋分办交接时秋分亲口告诉我的,难道会有假?"

香樟王说:"话说回来,再来说一说十大名花的最后一种花——水仙花。水仙花被称为凌波仙子。刘邦直在《水仙花》中写道:得水能仙天与奇,寒香寂寞动冰肌。仙风道骨今谁有?淡扫蛾眉簪一枝。"

寒露说:"水仙的花语是多情、想你。"

香樟王说:"绿裙青带,清香馥郁,亭亭玉立于清波之上。水仙花素洁的花朵,超尘脱俗,高雅清香,格外动人,宛若凌波仙子踏水而来。"

寒露说:"我真是听得如痴如醉啊,不同的花语代表不同的美好祝福。在忙碌的日子里,持一朵盛开的名花游走世间,细细品尝生活的美好,这是何等幸福的事!"香樟王指了指窗外,吟诵道:"古诗名花木葱茏,长廊幽径庭院行。清风绕屋拂人醉,繁花丛中摇风铃。"寒露拍手称快,连说"痛快痛快",说完端起酒杯和香樟王碰杯,说声"干了",就一饮而尽,两人开怀大笑。

欲知后事如何,且听下回分解。

第三十八回　天排云阵千雷震　地卷银山万马奔

寒露和香樟王饮酒论植物，香樟王讲了一些最近发生在植物界的笑话以及关于中国十大名花的诗词，把寒露逗乐了。寒露还缠着香樟王往下说，香樟王说："今天先说这些吧，以后有时间再慢慢说，你知道今天是什么日子吗？"寒露说："今天是公元2017年10月7日。"香樟王说："我问的是农历。"寒露说："农历今天是八月十八。"

香樟王说："你知道今天有什么特别的活动吗？"寒露摇摇头，表示不知道。香樟王说："今天是钱塘江观潮的日子。"听香樟王一说，寒露才想起来，连忙说："久闻钱塘大潮的壮观，一直神往，你快带我去看吧。"

香樟王说："那就快点走吧。"说完，他带着寒露向钱塘江边走去。当他们来到钱塘江边时，江边已人头攒动。观潮的时间还没到，寒露就要香樟王先介绍一下关于钱塘潮的知识。香樟王告诉他，钱塘潮是三大涌潮之一，是天体引力和地球自转的离心作用，加上杭州湾喇叭口的特殊地形所造成的特大涌潮。在中国历史上，最著名的涌潮地有三处：青州涌潮、广陵涛和钱塘潮。世界上有三大涌潮，分别是印度恒河潮，巴西亚马孙潮与中国钱塘潮。寒露问："那这钱塘潮是怎么形成的？"

香樟王说："这和钱塘江的天时、地利、起势都有关。先说天时，农历八月十六日至十八日，太阳、月球、地球几乎在一条直线上，所以这天的海水受到的引力最大。由于引力的作用，海水往钱塘江上游倒流，形成水流逆行的奇观。再说地利，钱塘潮的形成跟钱塘江口喇叭形的地形有关。钱塘江南岸赭山以东近50万亩围垦土地像半岛似的挡住江口，使钱塘江赭山至外十二工段酷似肚大口小的瓶子，潮水易进难退。杭州湾外口宽达100公里,而外十二工段仅宽几公里,江口东段河床突然上升,滩高水浅,当大量潮水从钱塘江口涌进来时,由于江面迅速缩小,潮水来不及均匀上升,就只好后浪推前浪、层层相叠。另外,钱塘潮的形成还跟钱塘江水下多沉沙有关,这些沉沙对潮流起阻挡和摩擦作用,使潮水前坡变陡,速度减缓,从而形成后浪赶前浪、一浪叠一浪涌的景象。外加风势的影响,沿海一带常刮东南风,风向与潮水方向大体一致,助长了潮势。"

寒露又问:"钱塘观潮有什么历史渊源呢?"香樟王说:"观赏钱塘大潮,早在汉、魏、六朝时就已成风气。至唐、宋时,此风更盛。相传,农历八月十八日是潮神的生日,故潮峰最高。南宋朝廷曾经规定,这一天在钱塘江上校阅水师,之后相沿成习,八月十八逐渐成为观潮节。北宋文人潘阆的《酒泉子》中写道,长忆观潮,满郭人争江上望。来疑沧海尽成空,万面鼓声中。弄潮儿向涛头立,手把红旗旗不湿。别来几向梦中看,梦觉尚心寒。"

寒露继续问道:"那钱塘潮有哪些类型?"

香樟王说:"类型多着呢,首先说说交叉潮。交叉潮又名'十字潮',在海宁市丁桥镇。距杭州湾55千米处有一个叫大缺口的地方,是观看十字交叉潮的绝佳地点。由于泥沙的长期淤积,江中形成了一个沙洲,将从杭州湾涌来的潮波分成两股,即东潮和南潮。两股潮水在绕过沙洲后,就像两兄弟一样交叉相抱,形成变化多端、异常壮观的交叉潮,呈现出'海面雷霆聚,江心瀑布横'的壮观景象。两股潮水在相碰的瞬间,激起高达数丈的水柱,浪花飞溅,惊心动魄。待到水柱落回江面,两股潮水已经呈十字形展现在江面上,并迅速向西奔驰。同时,交叉点像雪崩一样迅速朝北转移,撞在顺直的海塘上,激起一团巨大的水花,随后跌落在塘顶上。再来说一线潮,人们看过大缺口的交叉潮之后,可马上驱车到盐官观看一线潮。未见潮影,先闻潮声,江面风平浪静,耳边却传来了轰隆隆的巨响,犹如擂起万面战鼓,震耳欲聋。远处,雾蒙蒙的江面上出现了一条迅速西移的白线,犹如'素练横江,漫漫平沙起白虹'。随后,白线变成了一面水墙,逐渐升高,'欲识潮头高几许,越山横在浪花中'。随着水墙的迅速向前推移,涌潮便来到眼前,有万马奔腾之势、雷霆万钧之力,势不可挡。当然,一线潮并非只有盐官才有。凡江道顺直、没有沙洲的地方,潮头均呈'一'字线,但都不如盐官的一线潮好看。因为盐官位于河槽宽度向上游急剧收缩之后的不远处,东、南两股潮水交汇后刚好呈一条直线,潮能集中,潮头特别高,通常为1至2米,有时可达3米以上。气势磅礴,潮景壮观。还有回头潮,从盐官逆流而上的潮水,将到达下一个观潮景点——老盐仓。老盐仓的地理环境不同于盐官,盐官河道顺直,涌潮可以毫无阻挡地向西挺进,而老盐仓的河道出于围垦和保护海塘的需要,建有一条长达660米的拦河丁坝,咆哮而来的潮水遇到障碍后折回,猛烈撞击对面的堤坝,然后以泰山压顶之势翻卷回头,落到西进的急流上,形成一排'雪山',风驰电掣般向东回奔,声如狮吼,惊天动地,这就是回头潮。钱塘江大潮,白天有白天波澜壮阔的气势,晚上有晚上的诗情画意。看潮是一种乐趣,听潮是一种遐想。难怪有人说'钱塘郭里看潮人,直到白头看不足'。此外,还有冲天潮、半夜潮、丁字潮、怪潮、鬼王潮等。我也说累了,就不一一说了。"

休息了一会儿后,寒露又追问道:"什么地方是观潮的最佳位置?"

香樟王说:"'八月十八潮,壮观天下无。'这是北宋大诗人苏东坡咏赞钱塘秋潮的千古名句。千百年来,钱塘江那奇特卓绝的江潮不知倾倒了多少游人看客。每年农历八月十八前后,是观潮的最佳时节。这期间,秋阳朗照,金风宜人,钱塘江口的海塘上游客群集,兴致盎然,争睹奇景。观赏钱塘秋潮的最佳位置有三个,海宁市盐官镇东南部的一段海塘为第一个观潮佳点;第二个观潮佳点是盐官镇以东8公里处的八堡,在那里可以观赏到潮头相撞的奇景;第三个观潮佳点是盐官镇以西12公里处的老盐仓,在那里可以欣赏到回头潮。"

寒露问："钱塘大潮如此之美，一定有许多文人墨客留下了诗句。"香樟王说："那当然，听我说来。'秋满湖天八月中，潮头万丈驾西风。云驱蛟鼍雷霆斗，水激鲲鹏渤澥空。'钱塘江涌潮以雄伟的气势、多变的画面、迷人的景象引来了千千万万的观赏者，每个人都对它赞不绝口。涌潮之美不仅在于形，也在于声、在于势。历代诗人、文学家对涌潮的形、声、势描写甚多。涌潮初见时，'漫漫平沙起白虹，瑶台失手玉杯空。''若素练横江'，天边露头的涌潮被喻为白虹、银练、素练之类；'惊涛来似雪，一座凛生寒''云树绕堤沙，怒涛卷霜雪''雪涛千里如山摧'，此处的涌潮被喻为霜雪；'似万群风马骤银鞍，争超越'，此处的涌潮被喻为飞奔之马；'涌若蛟龙斗，奔如雪雹惊'，此处的涌潮被喻为蛟龙；'潮色银河铺碧落，日光金柱出红盆'，此处的涌潮被喻为银河。有的诗人把涌潮喻为瀑布、山岳之类，'一千里色中秋月，十万军声半夜潮。'诗人从涌潮的响声上做文章；有把涌潮的声音喻为雷霆、惊雷的。但很多诗词都是同时从形和声上进行比喻，声形对应，'天排云阵千雷震，地卷银山万马奔''雷震云霓里，山飞霜雪中''海面雷霆聚，江心瀑布横'，声形对应比喻，使人读来仿佛身临其境。钱塘江边供观潮的亭台楼阁有很多，都留下了历史的印记，你有空时可一一考查、研究。"

听到这里，寒露感慨万千："人人都说天堂美，哪里知道这人间其实更美，俗话说'上有天堂，下有苏杭'，在我看来，这苏杭已远胜天堂了。"突然，人群中传来一阵躁动声，只见人人都往江边挤，都把头伸得老长向东面看。很多人一边叫着"来了，来了"，一边往东边跑。寒露于是也急忙跟着人群往里挤。

欲知后事如何，且听下回分解。

第三十九回　寻破绽酷暑偷袭　闯大祸寒露辞职

前几天,寒露先听香樟王讲故事,后和香樟王品评名花佳作,还跟着香樟王观赏了钱江潮水,对杭州的美景赞不绝口。这样过了几天,时间已到了十月中旬,正值寒露季节,天气逐渐凉了下来,早晚时凉飕飕的。杭州的百姓也已换上了秋装,有的穿上了长衣长裤。寒露心想:"天庭派天兵来杭城上空镇守,本意是防止酷暑危害人间。现在已经进入深秋,酷暑也早已不见踪影,我们在此已经没什么可做的了,有可能天庭随时一道命令下来,我们全军就撤回去了。"因此,寒露想利用还在杭城的时间多看些花花草草,多会会植物界的朋友。

寒露每天早出晚归,今天五云山看银杏,明天满觉垄赏桂花,很少在军营处理公务。主帅如此,下面的官兵也就更放松了,打牌的打牌,喝酒的喝酒,看戏的看戏,游玩的游玩,军纪散漫。酷暑自从被处暑吓跑后,一直后退了800多公里才敢停下来,将士已所剩无几,只留下一些老弱病残。酷暑也不敢回去见太上老君,只好在北方盘踞下来再做图谋。后来,又打探到手下大将秋老虎被白露全歼的消息,酷暑就更不敢轻举妄动了。

再后来,听说对手守城主帅换了一个又一个,从处暑开始,白露、秋分,一直到寒露,酷暑知道这些都是厉害角色,也就没有反攻倒算的念头了。这一日,酷暑独自坐在门口生闷气时,手下一个叫阳月的将军走了过来。酷暑知道,阳月是小阳春的哥哥,出生在夏秋之交的农历九月间,他的弟弟小阳春则出生在十月。一般,老百姓都知道有个十月小阳春,却很少有人知道十月小阳春的哥哥九月阳月。所以阳月心里一直很不服气,总想做出些事情来扬扬名。

酷暑对此也没有放在心上。阳月走过来对酷暑说:"大王,机会来了。"酷暑头都不抬地说:"现在还有什么机会?你别哄我了。"阳月说:"真的,末将已经探明,现在镇守杭城的寒露大军军纪松散,毫无准备,如果我们现在突袭过去,可以打他们一个措手不及,也算是报了你的一箭之仇。"酷暑闻言大喜,遂和阳月交头接耳了一番。

三天后,酷暑亲率大军,以迅雷不及掩耳之势,在中午时分突袭杭城。早晨的气温还只有 10 摄氏度左右,酷暑大军来了后,温度一下子升到了 30 多摄氏度。可怜正在西湖边游玩的游客和正在街上行走的居民。本来他们穿着长衣长裤,有的还穿上了背心,被酷暑他们一闹,竟热得汗流浃背。于是,他们手忙脚乱地脱衣解带,有的躲到树底下去了;在家里没出门的,要么开空调,要么开风扇,弄得好不狼狈。等到寒露反应过来,急忙赶回来召集部队发起反击的时候,已经是下午 5 点多了。

酷暑见偷袭成功,目的已达到,也无心恋战,发一声撤退命令后,就带领手下走了。酷暑虽然走了,但老百姓不干了,投诉电话、抱怨信如雪片般飞向寒露大营。寒露这才知道闯了大祸,这都是他麻痹大意、放松警惕造成的。寒露一边出来向百姓鞠躬道歉,一边提出辞职谢罪。辞职信上传到天庭后,天宫发文同意寒露引咎辞职,任命霜降为新任主帅,即刻上任。

欲知后事如何,且听下回分解。

第四十回　樟王劝慰寒元帅　寒露拜访灵隐寺

寒露引咎辞职后，天宫要求他必须在三天内离开杭城，返回天宫听候发落。寒露心想，这一离去不知何时才能再来这里，心里总有些不舍。走之前，寒露就去和香樟王告别。香樟王见寒露情绪低落，就想方设法劝导他，说："你生性聪慧，现在又很年轻，天生我材必有用，受一点挫折没有什么了不起的，接受教训以后改正就是了，是金子总会发光的。况且现在天上正是用人之际，你赋闲一段时间后一定会重新被启用。"香樟王同时也很自责，毕竟自己当时光顾着和寒露谈花弄草，没有提醒寒露时刻提防敌人来袭，以至于让酷暑钻了空子，酿成大错。

寒露说："这个不关你的事，我身为前线元帅，应该知道带兵打仗练在一生、用在一时的道理，作为军人一刻都不能放松。这次的错全在我，我是咎由自取，怨不得他人。"香樟王问："你明天就要回天宫了，今天还想去哪里看看吗？"寒露叹了口气说："我这次来杭，很多地方都去过了，就是没去过灵隐寺，听说那里的方丈很有灵气，我很想去见他一面。"

香樟王说："这有何难？灵隐寺方丈我很熟，说去就去，以了却你的心愿。"香樟王于是领着寒露大踏步地往灵隐寺赶去。灵隐寺又名云林寺，位于杭州市西面，背靠北高峰，面朝飞来峰，始建于东晋咸和元年（326年），占地面积约87000平方米。灵隐寺开山祖师是西印度僧人慧理和尚。南朝梁武帝赐田并扩建。五代吴越王钱镠命永明延寿大师重新开拓，并赐名"灵隐新寺"。宋宁宗嘉定年间，灵隐寺被誉为江南禅宗"五山"之一。

清顺治年间，禅宗巨匠具德和尚住持灵隐寺，筹资重建，仅殿堂就建了十八年之久，其规模之宏伟跃居"东南之冠"。清康熙二十八年（1689年），康熙帝南巡时，赐名"云林禅寺"。灵隐寺主要以天王殿、大雄宝殿、药师殿、法堂、华严殿为中轴线，两边辅以五百罗汉堂、济公殿、华严阁、大悲楼、方丈楼等建筑构成。灵隐寺为全国重点文物保护单位。当他们到达寺门外时，方丈已等在门外，忙将他们迎入寺内，先带着他们游了天王殿、大雄宝殿、药师殿、法堂、华严殿等主要建筑，然后带着他们来到方丈楼。他们坐定后，早有和尚端上了上好的龙井茶，寒露就和方丈聊了起来。

　　寒露先是啧啧称赞灵隐寺庄严肃穆，并感谢方丈的盛情接待和陪同。方丈说："寒露元帅言重了，你是香樟王的老朋友了，而香樟王又是我的老朋友，这样说起来，我们也算老朋友了。"

　　香樟王说："是的是的，大家都是老朋友，用不着多客气的。"

　　方丈继续说："早就听香樟王说，他有个老朋友受天宫派遣，来杭城上方镇守天空，保境安民，这和我们的宗旨是一样的，我们佛教禅宗也是为了安民劝善，让百姓安居乐业。我本想去前线劳军，无奈寺院杂事缠身，终究没有去成，罪过罪过。"

　　香樟王说："客套话不多说了，寒露也是个儒帅，方丈造诣深厚，你们倒是可以切磋切磋。"

　　方丈说："我们灵隐寺确实是源远流长，文化底蕴很深，现存的文化遗产有《摩诃般若波罗蜜多经》、《金刚经》册页、董建中的《花鸟图》、《庄严三宝图》、贯休的《十六罗汉图》、《佛顶心大陀罗尼经》、明代水陆画等。"寒露说："刚才进来时，我看到了外面的飞来峰、三生石等景点，想必一定有故事，能否请方丈介绍介绍。"

　　方丈说："这个当然可以，先说说飞来峰。相传有一天，灵隐寺的济公和尚突然心有感应，算到有一座山峰要从远处飞来。那时，灵隐寺前是一个村庄，济公怕飞来的山峰压死人，就急忙去村里劝大家赶快离开。村里人因平时看惯了济公疯疯癫癫、爱捉弄人,以为他这次又是寻大家开心,因此谁也没有听他的话。眼看山峰就要飞来,济公急得不得了,就冲进一户娶新娘的人家,背起正在拜堂的新娘子就跑。村人见和尚抢新娘,都呼喊着追了出来。人们正追之时,忽听风声呼呼而来,霎时天昏地暗。随着'轰隆'一声巨响,一座山峰飞降灵隐寺前,一下子摧毁了整个村庄。这时,人们才明白济公抢新娘是为了拯救大家。济公成佛后的尊号长达28个字:大慈大悲大仁大慧紫金罗汉阿那尊者神功广济先师三元赞化天尊,集佛、道、儒于一身,堪称'神化之极'。灵隐寺建有道济禅师殿,香火鼎盛。"

寒露说:"济公和尚的大名我听过,不过这个飞来峰的故事还是第一次听到。"

方丈说:"接下来我来说说三生石。传说,这世上有一条路叫黄泉路,有一条河叫忘川河,忘川河上有座奈何桥。桥的尽头有一块通体鲜红的石头,叫三生石。据说,有情的男女们只要在这三生石上刻下两个人的名字,就可以缘定三生,意思是三生三世都可以在一起。孟婆汤就是用忘川河的水熬的。代表前世、今世、后世的三生石传说是这样的。唐朝时有一个和尚——圆泽,和李源交好。有一天,他们一起去峨眉山,有两条路可以走,圆泽要走其中一条,李源要走另一条,最后,圆泽依了李源,跟他走一条路。半路上,他们碰见一个大着肚子的孕妇,圆泽脸色一变说,我之所以坚持不走这条路就是这个原因,她怀的就是我,已经三年了,今天见了面再也躲不过去了。你三天后去看那个婴儿,我会以笑为证,我们如果有缘,十二年后在钱塘天竺寺外一见。圆泽当晚就圆寂了,而那个妇人也诞下了男婴。李源三天后去妇人家一看,那个婴儿果然对他笑了。十二年后,李源如约来到这里,一个月明之夜,忽然听到一个牧童唱道:'三生石上旧精魂,赏月吟风不要论。惭愧情人远相访,此身虽异性常存。'李源知道那牧童是圆泽,就想上前和他亲近。可牧童又唱道,'身前身后事茫茫,欲话因缘恐断肠。吴越山川寻已遍,却回烟棹上瞿塘',唱完就不知所踪了。"

寒露说:"三生石我在天宫中也常听说,倒是不知道民间是这样传说的。"方丈说:"我再说个康熙题匾的故事。自命风流儒雅的康熙皇帝来到杭州灵隐寺,老和尚请求他为寺院题一块匾额。康熙信手挥笔,在纸上写了个很大的'雨'字,可灵隐寺的'灵'字按照老写法,'雨'字下面还有三个'口'和一个'巫',这么多笔画怎么也摆不下了,急得康熙皇帝下不了台。还好,在一个随从的暗示下,他将错就错,写成'云林禅寺'。这块匾挂了三百年,直到现在还挂着,可老百姓并不买他的账,仍叫它'灵隐寺'。康熙题匾的笑话也一直流传至今。"

寒露说:"康熙是一代帝王,在天庭中都声名显赫。"香樟王见方丈也说得累了,就说:"喝茶,喝茶,今天我借寒露的光,品品灵隐寺方丈的上好龙井茶,真是三生有幸了。"一句话说得大家开怀大笑。

欲知后事如何,且听下回分解。

第四十一回　寒露立志办学校　方丈茗茶论佛诗

寒露在灵隐寺方丈楼和方丈品茶论事，香樟王在旁作陪。方丈询问寒露："不知寒帅此次返回天宫，接下来有何宏愿？"

寒露回答："我现乃戴罪之身，何谈宏愿？不过我本儒生，带兵打仗非我所长，以前除了喜欢花花草草，还爱好涂涂画画，尤其对中国传统文化感兴趣，只是水平有限，至今还没有可以拿得出手的作品。回去后若玉帝能宽待于我，我想去办个学校，专门培养学生学习中国古代传统文化，特别是中国的诗词歌赋。"

香樟王插话道："久闻方丈才高八斗，对佛学文化研究造诣颇深，今天能否露几手给我们看看，让我们也好好学一学。"方丈抱抱拳，说："香樟王谬赞了，中国传统文化博大精深，我哪里称得上研究，只是用心学习罢了，就是穷其一生，也只能学到点皮毛。佛学文化源远流长，说起来几天几夜都说不完。今天我就说说佛教里的诗词吧。"

寒露欣喜地说："好啊，这个正是我最想听的。"

方丈说："我们佛门有很多大师不仅精通佛理，而且有深厚的文学诗词功底，有千古名作传世。如宋代的无门慧开禅师写道，春有百花秋有月，夏有凉风冬有雪；若无闲事挂心头，便是人间好时节。唐代的无尽藏比丘尼禅师写道，终日寻春不见春，芒鞋踏破岭头云。归来偶把梅花嗅，春在枝头已十分。唐代的布袋和尚是这样写的，手把青秧插满田，低头便见水中天。六根清净方为道，退步原来是向前。"

听到这里，寒露若有所思地点点头。

香樟王对寒露说："'退步原来是向前'，布袋和尚说得多好，古代人已明白这个道理了,难道我们现在还不明白吗?"

方丈说:"'悟'则佛,'迷'则魔,学佛就像电脑换系统,改变认知,转迷成悟,了解娑婆世界的真相,离苦得乐,解放自己然后解放别人,先从思想上解放自己。"

寒露说:"你们的好意我懂了。"方丈说:"其实,佛教里的诗词还有很多。元代的了庵清欲禅师写道,闲居无事可评论,一炷清香自得闻。睡起有茶饥有饭,行看流水坐看云。宋代的无准师范禅师是另一种风格,他写道,山花似锦水如蓝,突出乾坤不露颜。曾踏武陵溪畔路,洞中春色异人间。宋代的虚堂智愚禅师写道,烟暖土膏农事动,一犁新雨破春耕。郊原渺渺青无际,野草闲花次第生。宋代的大慧宗杲禅师则写道,荷叶团团团似镜,菱角尖尖尖似锥。风吹柳絮毛球走,雨打梨花蛱蝶飞。"

寒露啧啧称奇,说:"短短几句诗形象而生动地把大自然的奥秘写出来了,这样的生活是我最向往的。"方丈继续说他记在心中的诗,宋代云峰文悦禅师写道:"静听凉飚绕洞溪,渐看秋色入冲微。渔人拨破湘江月,樵父踏开松子归。"宋代雪窦禅师则这样写:"闻见觉知非一一,山河不在镜中观。霜天月落夜将半,谁共澄潭照影寒?"宋代草堂禅师写道:"云岩寂寂无窠臼,灿烂宗风是道吾。深信高禅知此意,闲行闲坐任荣枯。"

说到这里,方丈停了停说:"有关佛教的诗词数不胜数,老朽才疏学浅,在寒帅面前献丑了。"

寒露说:"方丈过谦了,听君一席话,胜读十年书,佩服佩服。"这时,香樟王看了看挂在墙上的钟,时间已经不早了。寒露一定还有其他事情要回去处理,就朝寒露使了个眼色。寒露会意,喝了口茶,就起身告辞。

方丈要留他们用素餐,被寒露谢绝了。方丈也不勉强,就送他们到寺门外,寒露客套一番后,和香樟王依依不舍地离开了灵隐寺。

欲知后事如何,且听下回分解。

第四十二回　秋意浓霜降上任　初霜起寒露下岗

霜降接任帅位后,自天宫来到杭城上空。这霜降也颇有来历,霜降是中国农历二十四节气之一,表示天气渐冷,开始有霜。霜降一般是在每年的10月23日左右,这时,中国黄河流域出现初霜,大部分地区忙于播种三麦等作物。

古代将霜降分为三候:"一候豺乃祭兽;二候草木黄落;三候蛰虫咸俯。"意思是,霜降时节,豺狼将捕获的猎物陈列后再食用;大地上的树叶枯黄掉落;蛰虫在洞中不动不食,垂下头来进入冬眠状态。

《月令七十二候集解》中说:"九月中,气肃而凝,露结为霜矣。"霜降是秋季的最后一个节气,是秋季到冬季的过渡节气。秋天的晚上,地面散热多,温度有时会骤然下降到0摄氏度以下,空气中的水蒸气在地面或植物上直接凝结,形成细微的冰针,或形成六角形的霜花,色白且结构疏松。

气象学上,一般把秋季出现的第一次霜称为"早霜"或"初霜";把春季出现的最后一次霜称为"晚霜"或"终霜"。从终霜到初霜的间隔时期,就是无霜期。霜降期间,很多地方有吃柿子的习俗,俗话说,霜降吃柿子,不会流鼻涕。

谚语云:"十月寒露接霜降,秋收秋种冬活忙。晚稻脱粒棉翻晒,精收细打妥收藏。"霜降到杭城后,和寒露办了交接手续,寒露在告别时特意把香樟王介绍给霜降。

霜降握着香樟王的手说:"久闻香樟王大名,今日有幸相见,果然名不虚传,小弟初来乍到,还望香樟王不吝赐教。"

香樟王连忙说:"霜帅客气了,霜帅天官下凡,为民保安,实乃我自然界之福。"香樟王看了看四周,对霜降和寒露说:"两位都是我的朋友,老朽不才,触景生情,作诗一首相赠。'旷野天低树,青山月近人。寒露枫叶红,霜降银杏黄。树下一杯茶,庭上几口酒。朋友东西来,谈笑南北归。'"

霜降赞道:"好诗好诗,既如此,我也作诗一首。'枫林婆娑铺古道,银杏翩跹染秋色。漫山红柿挂树梢,遍野菊花醉飘逸。'"

寒露说:"两位好雅兴,我不说几句也不好意思,也凑上四句吧。'月转山移山转月,亭浮水面水浮亭。花下月圆月下花,人上亭台亭上人。'"

香樟王喝彩道:"妙、妙、妙。"见霜降似有不解,香樟王解释道:"这四句诗妙就妙在它是回文诗,就是每一句顺读反读都是一样的。"这几句诗正反映出寒露此时的心情。

霜降恍然大悟,连说:"有意思,有意思。那我仿此诗也来几句。'曲转径移径转曲,莲浮水面水浮莲。灯下月圆月下灯,人上莲台莲上人。'"

香樟王说:"霜帅天资聪颖,一点就通,我也只好凑热闹来几句了。'寒露别露寒,霜降要降霜,香樟有樟香,仁神是神仁。'"香樟王说完,三人哈哈大笑起来。

寒露说:"时间差不多了,霜降新上任,事情很多,我也该走了。"于是,香樟王和霜降与寒露握手道别。

欲知后事如何,且听下回分解。

第四十三回　霜元帅排兵布阵　玉皇帝出题作文

霜降接任帅位后,立即投入了工作,先是和岳参谋长商量部署军事工作。霜降指出,军人以打仗为天职,打仗的准备工作一刻也不能放松,有备才能无患,必须吸取寒露犯错的经验教训。

岳参谋长说:"霜帅说得极是,这次酷暑偷袭成功,我军声誉受损,我作为参谋长是有很大责任的,但寒露顾全大局,把责任全部揽在自己身上,我心里也很过意不去。"

霜降说:"寒露这样做,是为了保护大家,过去的就让它过去吧,我们现在要团结一致向前看。"岳参谋长说:"霜帅放心,同样的错误不会再犯第二次了。"霜降随后把宣传部钱主任叫来。

钱主任一进来,就先自我批评。霜降挥挥手,说道:"算了,这些事我都知道了,我们还是研究一下,接下来如何在部队里开展思想工作,把战士们松懈了的心拉回来。"

钱主任说:"这个我已经有想法了,初步方案也已经做出来了。"说着,他将做好的方案递给霜降。霜降接过来,大致翻阅了一遍,提出了几个问题,钱主任一一做了说明。霜降要求钱主任进一步修改、完善,择日在会议上讨论审议。

忙完了工作后,霜降想起了他从天宫下来前,玉帝召见他时说的话。玉帝当时说:"霜降,你这次下去要吸取天鸽、寒露的教训,国有国法、天有天规,谁犯了法都要受到处罚。做什么事都要讲规矩。对了,听说你正在太白金星那里攻读博士学位。我给你出个题目《论规矩》,你可结合工作实践将这篇论文写出来,如果写得好,可以作为博士毕业论文。"前几天忙其他事,霜降就将这论文的事搁下了,现在几件事情理顺了,就想起了写论文的事。

霜降于是一边收集资料,一边深入基层调研。经过几天的努力,论文初稿出来了:

论规矩

规和矩,是校正圆形和方形的两种工具。所谓"规矩",是指一定的标准、成规,包括规则、规律、规章、规定、规范等。

古人云:"规矩诚设矣,则不可欺以方圆。"又云:"万物莫不有规矩。"国之最大规矩就是宪法,然后是法律,地方或部门的法规、规章,单位的文件、制度。我早晨看到美容院员工在门口呼口号,美其名曰"企业文化",这也是一种规矩。老百姓嘴上说的"你这么不讲道理",其实就是说"你不讲规矩"。

规矩非常重要:你不遵守它时,它比老虎还要可怕;当你遵守它时,它就是你最坚实的盔甲、最温暖的外衣。触犯了规矩,天鸽也好,寒露也罢,都只能接受惩罚。

自然规律是老天爷制定的规矩。迄今为止,地球人还不能完全读懂这本天书,若破解不了深奥的规矩,终会被其所累。正因为规矩的校正作用,因此,古今中外无数英雄豪杰都想定规矩。儒家、法家……佛教、道教、天主教、基督教……皇帝、总统、主席……马克思主义、毛泽东思想、邓小平理论……这些都是规矩的起源或制定者。重要的规矩,必须明文规定,张贴公布。各行业要建立资格准入制,有资格证者才能从事相关的工作。要拿证就要去考试,比如考驾驶证,就要知道双黄线、信号灯、直角转弯等交通标志的意义。不重要的规矩,有些是约定俗成的,变成了常识,比如我们每次打牌前不会花很多时间去宣布规矩,因为大家都心知肚明,知道违反了牌规比如出老千是要受罚的。

昔日,慈禧太后见老外打球,看他们为一个球争来争去,就说,每人发一个吧。这是因为慈禧不知道打球的规矩,才说出这样的话。现在,好多规矩已被人熟知,但对规矩敬畏不够,朝令夕改的事比比皆是。我们知道了规矩的厉害,却无法改变它,那么就只能学习它、研究它、利用它。养花的念花经,炒股的讲股经,打牌的说牌经,玩球的聊球经,掌握规律,用足政策,各行其道,自得其乐,顺水行舟不费力,逆向行车定闯祸。规矩冷冰冰、硬邦邦的,看似无情,其实挺暖心。天鸽也好,寒露也罢,如果得不到你所爱的,就爱你所得到的。

欲知后事如何,且听下回分解。

第四十四回　霜降求教香樟王　樟王讲述待客经

霜降将《论规矩》一文写出来后，获得了一片叫好声。霜降有自知之明，他觉得写得很一般，手下官兵瞎吹捧，有拍马屁的嫌疑。他想到了香樟王，香樟王给他的印象不错，认为香樟王见多识广、老成持重，于是决定去拜访香樟王。

香樟王热情地接待了霜降元帅，当得知霜降的来意后，香樟王谦虚地说："霜元帅乃天上下来的才子，在我们凡间就是天才了，哪里是我等老朽能评头品足的。"霜降恭敬地说："凡间所说的天才应该不是这个意思，我是根本不配天才之称的。倒是你香樟王在植物界德高望重，就是在天界或人间，你的大名都是响当当的，无人不知，无人不晓。所以香樟王不必客气，我是真心求教于您，请您赐教。"

香樟王见霜降心诚，就没推辞。他接过霜降手中的稿子看了一遍，对霜降说："霜元帅乃天官，来写人间的规矩，也是难为你了。你能写成这样，已经算很不错了。不过常言道，写熟不写生。你下凡不久，虽然调查了一些地方，也搜索了不少档案资料，但终究了解得不够透彻，写出来的东西不免有泛泛而谈之感觉。"

霜降点点头说："香樟王说得极是，我自己也有这种感觉，但要怎样才能写得具体，有的放矢呢？"

香樟王说："要从群众中来，到群众中去。中国传统文化根植于民间。规矩上升到一定的高度就变成了法律，但民间也包括约定俗成的民俗习惯。中国的民俗习惯丰富多彩，你要写论规矩的论文，就必须了解各地的习俗，这样写出来的文章才接地气。"

第四十四回　霜降求教香樟王　樟王讲述待客经

霜降说:"在我们天宫,玉皇大帝的话放之四海而皆准,我哪里知道你们凡间还有那么多的民俗习惯呀?既然说到这里,你一定要给我好好上上课,让我知道一些习俗,以便我把论文写出来。"

香樟王说:"那我今天先说说礼仪文化,以浙江中部的东阳市为例,先讲民间礼仪习俗之待客之道。中国人自古好客,先贤孔子说过,有朋自远方来,不亦乐乎。这种传统思想深刻影响了东阳人的礼仪习惯。'自奉俭约而待客必菜肴丰盛礼数周到',就是说只要有客人来,就要热情招待。待客讲究礼数周到,首先是会客场所有讲究。因经济条件而异,富裕人家有客厅或客室,中等户在中央间会客,上横头挂中堂,前置长几与八仙桌,桌旁上首置交椅。桌椅上平时是不放杂物的,供家常就餐用。客人来时,即作为会客桌。左边为客座,右边为主座。就是清贫人家,平时也会在破桌面上留一块空隙给客人放碗筷,饭后即把碗筷洗净放回原处。客人来时才不致手忙脚乱,临时洗碗刷锅。客人到来必须泡茶。见有客人进门,主人必定要起身相迎,让座,烧水泡茶。旧时无热水瓶,临时烧开水,水仅一碗。泡茶多用茶碗,沏茶大半碗,双手端于客前。若是熟客,夏天倒碗凉茶也可以。东阳人待客须浅茶满酒。过去,农家茶贱酒贵,浅茶满酒以示尊重、客气。接下来,主人要上点心,通常是甜蛋或鸡子索面。甜蛋也是点心,俗称糖霜子。客人来时,男主人陪客,女主人烧水。水开后,将开水倒入茶碗,立即敲鸡蛋于锅中,撤去灶火。敬茶回厨,于小碗中放白糖,再把锅中熟鸡蛋舀进小碗,连同半壶黄酒及杯箸,用托盘请客人吃。用甜蛋待客,既普通又含敬意。数量上也有讲究,一般两只,三只表敬重,五只则更敬重,款待轿夫和乐手用四只。煮蛋要求蛋黄个数清晰,如两个变一个,那就不礼貌了。如客人来时已近中午或者晚上,则留吃中饭或晚饭。待以甜蛋后,主人不再烧点心;若离吃饭时间还早,待以甜蛋后,还要再煮一碗面条或东阳索粉之类的点心,并用黄酒相佐。若是熟客,泡茶后可煮面条或粉干加鸡蛋。同时客人来了,主人要陪客侍谈。家里来了客人,女主人去泡茶、烧点心,男主人则放下手中活,洗手整衣,陪客侍谈。俗话说'无事不登三宝殿',客人来必然有话要说,不能只顾自己干活,即使客人没有要紧事,主人也不能怠慢。主人坐于上横头,脸朝客人,专心听客人说话,茶与点心也要备一份,并劝客人动筷。有客人来,主人一定要留客吃饭,为礼貌所需,菜肴可以量力而行,客人会理解。旧时贫户来客,家里一无所有,仅有地里的蔬菜,连食盐、油脂也要用小杯向邻居借,鸡蛋、粉干自然也都要向邻居借,借来的东西不能让客人看到。主人有时还会杀鸡请客。招待客人,以杀鸡请客为最敬重。最敬重的客人要算外祖父母、舅父母和岳父母等,亲家公在亲家面前也是上宾。不常来访的姑父母、姨父母也是稀客。久违的老师、师傅、高级官员、社会名流等登门造访,就是贵宾。若是同学之类常住客,第二天就与家人一样吃饭菜。若母亲去女儿家住几天,女儿也要烧点可口的饭菜。还有一点要注意的是,要留客久住。至亲好友,尤其是长辈驾临,不只留宿,还要让他们久住,以示诚心。一般生客来时,一宿两餐,住房条件尚可;对借宿生客,一宿两餐,不收费用。送客也有讲究。客人告辞时,主人要留客,留不住则送客,送客前要提醒客人把带来的东西带上。对于带来的礼物,客人再三推辞后,主人才能留下,并回赠礼物。送客要送出大门一百步之外。客人说'请留步',主人就留步,此时,双方若有话说就必须开口了。最后是辞别。客人动身离开,先向主人告别,并请主人'有空到我家来坐坐',主人同意再走,允许主人送行。主人若送出大门,客人要回头请主人留步,与主人握手,并说再见。主人不送了,客人还要回头看一眼,挥手致意后再径直离开。"

香樟王一口气说了这么多,把霜降听呆了。

霜降说:"想不到民间待客之道还有这么多讲究,我真要好好学学了。"

欲知后事如何,且听下回分解。

第四十五回　婚姻之道十五步　嫁娶之礼一二年

香樟王上一回讲了民间礼仪之待客之道，听得霜降一愣一愣的。

霜降说："早就听说中国乃礼仪之邦，但待客之道如此讲究倒真让我想不到。除了待客之道，其他方面也有这么多规矩吗？"

香樟王说："其他方面当然也有不少习俗，下面要讲的是东阳民间礼仪习俗之嫁娶习俗。婚姻之道，谓嫁娶之礼。嫁娶习俗也是礼仪习俗中最重要的组成部分之一，所谓'婚礼者，礼之本也'。东阳素有'婺之望县''歌山画水'之美称，历来崇文重教。男婚女嫁之事，往往会操办得热热闹闹，文化意蕴浓厚。东阳传统嫁娶习俗主要包括以下内容。首先是要缔婚，旧时婚姻必须是父母之命、媒妁之言。媒人撮合，第一步要考虑门当户对，然后还要'合生肖'。合生肖的原因或是考虑到男女年龄的匹配，有一定的经验因素。第二步是望侬。缔结姻缘，先由媒人通言，再确定吉日，媒人陪同男方上女方家中做客，称为望侬。男方带'斤头'，如桂圆、红枣之类，多要成双。女方招待男方，点心烧索粉，鸡蛋一对藏于碗底。女方喜欢男方，让吃清煮蛋，意为'团圆'，男方若对姑娘中意，吃两个，意为'成双'；有些意思，但不确定，则吃一个；若不中意，则一个不吃。女方若不喜欢，让吃荷包蛋；男方吃与不吃，随便。第三步是为实。相亲之后，男女双方若有意，男方择行聘吉日向女方通报。由算命先生择定日子，将日期写在红纸上，请媒人送予女方。男方送女方的定亲日子要有两个，任女方选择。媒人送日子必附钱财，俗谓'定头钿'。第四步是定亲。男家备聘礼，行聘吉日至，由媒人将聘礼送至女家定亲。定亲日，男方须托女方村庄一人凑媒，俗谓'女媒'。男方聘礼分钱、物两类，女方收礼，物可全收,钱则酌量回还,俗称'回情'。此日女方设酒席,招待行聘媒人及家中亲友。媒人动身,女方备'回情'及饧梅若干,带回给男方。男方分饧梅给邻里乡亲,以示其家已经定亲。晚上,男方设宴,招待媒人及族中亲友。男女一经定亲,便视为夫妻,双方不得反悔。定亲后,每逢节日,男方要给女方送各种礼物,不得失礼。第五步是送庚帖。男方要先根据男女双方的属相八字择定良辰吉日,后托媒人把写有成婚日期的红纸帖送至女家,俗称'送庚帖'。第六步是送喜礼。结婚仪式十分热闹壮观,男女双方俱设宴请客,女方请客之财物要由男方送。结婚前一日,男方送礼,所送礼物都用轿抬,俗称'送喜礼'。女方收礼,必得'回情',一般是猪、羊打回头和尾,现金酌量回。第七步要发嫁妆。成婚当日,女方嫁妆先起程,起轿要放鞭炮;男方接嫁妆时也要放鞭炮。望族豪门嫁女嫁妆多,发嫁妆队伍很长,民间称'十里红装'。第八步是抽红。嫁妆发至离村百步时,新娘兄弟急速追来,抽回预先半露半藏于衣柜的红绸并塞进裤袋,迅速跑回,将红绸藏于床上,谓'抽红'。第九步是迎娶。嫁妆启程数刻后,新娘启程。新人由族中有儿有女的长辈或同辈抱着上轿。花轿启程时,女方父母、兄嫂、姐姐等以哭相送,俗称'哭嫁'。新人由兄弟、女傧相、媒人等陪送。一路鞭炮、锣鼓、唢呐齐响,花轿到新郎家,鞭炮齐鸣,新房点起花烛,轿子于门口停下,轿前铺以麻袋,新孺人下轿不能登地,必踩麻袋。由喜娘相引,新人、陪伴姐等进房后,须坐于床沿。此时,村中小儿蜂拥而入,齐声呼喊讨'果子'。'果子娘'分发的果子是花生,有的杂以爆米花。花生是新人娘家带来的。装花生的口袋用红布缝制,俗称'果子袋'。第十步是吃喜酒。男方设酒席宴请宾客,其规模大小、菜肴丰俭、热闹程度等视家之有无、喜好以及交际情况而定。新人席设于新房,伴以陪伴姐、果子娘及俗以为利市的中老年妇女。来宾席中以大舅和媒人为最大,坐最上首。席间,本村宾客竞向大舅、媒人劝酒,席中多划拳、行令。东阳酒席,必有一道馒头焐肉(馒头寓意'发')。新人席上的焐肉必有一块半生不熟,由果子娘夹给新孺人以讨口彩。第十一步是闹新房,宴席结束,宾客闹新房,俗称'逗新孺人'。新人成婚之礼,由德高望重之人主持仪式,夫妻拜堂、拜天地、拜父母亲友,夫妻对拜,喝交杯酒,然后闹新房。人们或出难题,或猜果子谜,或说顺口溜,或说绕口令,以难住或逗笑新人为乐,并以此试探其才气。闹到深夜,宾客散去,厨下送上蛋煮红糖茶,新郎、新娘吃之后就寝。第十二步是谢贺。婚后第二日,新娘由新郎陪同,向公公、婆婆送'上和被',公公、婆婆向新媳妇赠'见面礼'。然后,新娘由婆婆陪着,和男方亲戚相认,赠送鞋袜,俗称'谢贺鞋'。亲戚则以'利市包'回赠,俗称'见面礼'。新娘又向掌厨的送围裙,向帮厨及其他帮工送手巾等。第十三步是望三日。就是在迎娶礼毕后的第三日,新娘父母准备礼品上女婿家探望女儿。第十四步是送娘家鸡。女儿新婚后,娘家要送一次'娘家鸡',娘家鸡必须凑双,雌雄相配,以示传宗接代。最后一步是担年糖。婚后头一次过年,娘家得给女儿女婿送冬米糖。春节期间,新婚夫妇须向双方亲戚及婚礼时送了贺礼之亲朋邻里拜年,以谢相贺之意。以上这些是东阳传统婚娶习俗的基本状况。因东阳地理环境、氏族传统、经济状况的差异,加上历史的演变,南北乡和东西乡对婚娶过程的具体操作又略有差异。"

霜降说:"我算了一下,这样一个过程需要十五个步骤,不要说去做,我听着都累坏了。"

香樟王说:"是啊,我是看着他们一步步走过来的,当然,这些都是以前的事情了,现在的年轻人哪里受得了这么多的繁文缛节,闪婚闪离都是常见的事了。"霜降说:"我看你也说累了,休息会儿再说吧。"

欲知后事如何,且听下回分解。

第四十六回　论房价安居乐业　讲民俗建房进屋

香樟王休息了十五分钟,又喝了点水,精神又恢复了,就问霜降还想不想听其他的。

霜降说:"我在天上时,常听说人间强调安居乐业,想必人们对安居非常讲究,你倒是说说看。"

香樟王说:"你知道现在杭州城里的房价已经到多少了吗?"

霜降摇摇头,表示不清楚。

香樟王说:"现在杭州城里的房价高的已经每平方米十万多了,差的地段每平方米五万左右。"

霜降惊讶地说:"这么贵,年轻人买得起吗?"香樟王说:"正因为受安居乐业传统观念的影响,杭州的丈母娘找女婿时,准女婿有没有房子是一个重要的考虑因素,所以年轻人就是一辈子做房奴也要硬着头皮买房。"

霜降说:"年轻人压力大,不容易啊。"香樟王说:"我们把话题拉回来,我来说说东阳民间礼俗之建房进屋习俗。"

霜降说:"是的是的,人世间的事,有些我们不能理解,也不是我们管得了的,我还是听你讲习俗吧。"

香樟王说:"每个地方的习俗都是丰富多彩的,涉及方方面面,但归结起来无非八个字——生老病死、衣食住行。与居住相关的习俗是一个地区最重要的习俗之一。建房是家庭生活中的一件大事,民间尤其注重添置房产。东阳人刻苦耐劳,也善于持家,余钱多用于建房。高大精致的房屋是家族荣耀的象征。传统屋舍讲究布局结构和装饰。房屋建筑的朝向,大多坐北朝南,俗有'七世修得朝南屋'之说。东阳地处北纬30度左右,朝南的房屋采光好,冬天时可晒太阳取暖、晾晒衣物,并且可以避开西北风。传统的房屋建筑多系土木结构,一般为两层。屋前有走廊,称'阶沿',同一栋屋的阶沿一般相通。房屋前檐分高低两层,中间开窗以采光通风。房子都开后门。房屋往往数间连在一起,'凹'形排布,类似四合院,'凹'形底部称'正屋',两边称'厢房'。正屋正中一间,多为公房,称'堂屋'。间数多取七、九、十一、十三等单数,俗称'九间头''十一间头'等。大户人家也有廿四间头的。也有几组呈'凹'形连在一起的,每组称'一进'。若是数进相连,一般是前厅后堂,前进是厅,后壁正中开大门,跟后进堂屋相连。豪门望族有多进的厅堂建筑,建筑规格、结构与权势和世代有关,此类建筑壁垒森严、气势宏大,如卢宅肃雍堂、夏厉墅瑞霭堂、湖头陆瑞芝堂等。东阳民间建房进屋过程中有许多习俗广为流传,至今还深刻影响着人们的生活。东阳建房进屋习俗内容丰富,其中,上梁仪式最为典型。在老百姓的心目中,一栋房子中'地位'最高者当属房梁。房梁是一家之主,梁好,其他一切都好。所以老百姓盖新房子时都要办一桌'上梁'酒席,以示庆贺,这无疑赋予'房梁'一个'神圣'的地位。因此,盖房子的人家要选日子砍房梁树,而且房梁树的选择也非常讲究,首先要看这棵树是不是一棵'优秀'的杉树。"

霜降插嘴问:"为什么要选用杉树?"

香樟王说:"因为杉树砍了之后,树根上又会发出新的芽,寓意家中会有大发展;其次,这棵杉树必须是'孪生'树,意思是好事成双,有男有女。房梁树是在上梁前一天砍的,被砍倒之后,要在树上系一根红布条,让人知道这是做房梁用的。红布条既显示出木头的尊贵,又起到警示的作用。房梁树须立刻抬回来由木匠马上加工处理,并由建房工人架高。上主房栋梁时,意味着房子基本完工。主人要选择一个黄道吉日,还要确定上梁吉时,一般有一个隆重的上梁仪式。上梁这天,主房栋桁的正面贴上写有'紫微拱照'四字的大红纸,按垂直位置,两头放于三角马上。主人家在八仙桌上陈设牺牲、米酒、香烛及五谷、五金。"

霜降插嘴问:"五谷、五金是什么东西?"

香樟王说:"五谷是指稻谷、小麦、大豆、粟米、高粱;五金是指金、银、铜、铁、锡。八仙桌上放上五谷、五金、五行属品及两盘现金后,主人要整衣冠祭拜天地,再以酒酹地。然后由泥水、木匠两工做头共祭鲁班仙师。取丈多红布,由泥水匠把布裁成一尺多宽,分成两块,一块交给木匠,缚在六尺杆与角尺上,接着将六尺杆与角尺立在栋柱旁,双双向栋桁叩拜行礼,并在桁上淋杯酒,酒水滴遍全杆,并以红布覆盖其上,宣告礼成。泥水匠、木匠两人腰束两端染红的苎麻辫,插定斧头、铁锤、钢凿等,从登木架爬至栋柱顶。吉时一到,鸣锣放炮,两作头手握系在桁端的麻绳,将桁慢慢往上提,顺手按接栋柱,楔入栋尖定妥。桁上的梁风牵上挂一对染红的八角木槌、米筛、剪刀、铜镜、角尺各一副,另一头挂一只竹笼(俗称'鸡笼'),内置雌雄二鸡。定妥后,两人提着装于布袋中的馒头,将馒头从栋梁架上四下抛掷,让围观的人群抢接。抛馒头时要逆时针,即按照东、北、西、南的方向依次抛掷。抛时要照顾到四面人群,毗邻邻舍时,要特意抛几对到邻舍家的里屋中。先向四方抛,口念'一对馒头抛到东,代代儿孙做国公;一对馒头抛到西,代代儿孙穿朝衣;一对馒头抛到南,代代儿孙中状元;一对馒头抛到北,代代儿孙出人才'。各地诵词或有不同,但意思都差不多。馒头扔毕,于主桁两个栋柱的顶端缚一根挂有灯笼、梢头带枝的连根淡竹,竹根用红布包住。把两匹大红布挂在前小步经栋桁至后小步的桁上。至此,上梁仪式即告结束。晚间,点燃竹上灯笼。三日后,栋桁各物(木槌除外)一一除去。接着钉椽盖瓦,叠墙封檐。挂过栋桁的鸡,自家只喂不宰,或将其置于方便处,让亲戚邻舍暗地里取走。凡能看到桁架的人家,这日统统在家门楣上悬挂米筛,上插剪刀、铜镜、尺子,系红布,叫'赛红'。礼仪量力而行,财力越足越讲究,反之则随意。"

霜降说:"这些习俗讲究太多了,现在难道还这样吗?"

香樟王说:"现在一些农户建自住房时,还会举行一些仪式,当然没有上面那样复杂。城区居民多购买商品房,没有自建房这样的仪式,但为庆祝住进新房,一般在装修完成后,选定良辰吉时举行进屋仪式。一般,除酒席宴请,有的也要举行抛馒头仪式,不过程序相对简略。"

霜降说:"今天听了你对民间习俗的介绍,受益匪浅,回去我要好好研究研究,把我的论文《论规矩》写好。"

香樟王笑着说:"等你拿到博士学位,可别忘了请客啊。"

霜降说:"那是当然,香樟王功不可没。"说完,霜降和香樟王一起哈哈大笑。

欲知后事如何,且听下回分解。

第四十七回　审论文金星出招　抱不平祖师发难

霜降对《论规矩》一文非常重视,经再三修改,终于定稿。霜降把论文发给导师太白金星审查。太白金星知道这个题目是玉皇大帝亲自拟定的,知道这里的奥妙,也不敢轻易表态,就想了个办法:请来几位大名鼎鼎的专家开评审会,名为重视专家意见、集思广益,实为推卸责任、分摊风险。请到的专家有德高望重的炼丹专家太上老君、蟠桃会筹备委员会办公室主任立秋、孙悟空的师傅菩提祖师、猪八戒的师傅金顶大仙,加上太白金星组成了一个五人评审组。

这一天,太白金星见专家都到了,就领大家到会议室就座。刚要介绍各位专家,金顶大仙就摇摇头,说:"不用介绍了,这的人谁不认识啊?"

菩提祖师对金顶大仙说:"就你话多,难道太白金星这点都不懂?这个是走程序,懂不懂?"金顶大仙站了起来,用手指着菩提祖师,说:"是我不懂还是你不懂,你不要以为我徒儿猪八戒是你徒儿孙悟空的师弟,你就可以在我面前指手画脚了,告诉你,徒儿是徒儿,师傅是师傅,想在我这里出头,没门儿!"

菩提祖师说:"难道猪八戒不是孙悟空的师弟?你是不是无拘无束的生活过习惯了,无法无天了?"

金顶大仙说:"猪八戒是孙悟空的师弟没错,但那是唐僧的徒弟排位,和你我没有关系。若你要以徒为荣的话,那我要提醒你,你的徒弟孙悟空至今还在那里管花果山,而我的徒弟猪八戒早就官复原职,回天庭任职了,吃香的喝辣的,忙都忙不过来,听说仙女们想巴结他,他还看不上眼呢。就连唐僧的三徒弟沙和尚也已经是流沙河房地产开发公司的老板了,强过你徒弟孙悟空十倍。你还有什么可说的吗?"

菩提祖师气得浑身发抖,回击道:"道不同不相为谋,我和你没有共同语言。"说着,菩提祖师站了起来,准备离开会场。

太白金星连忙拦住,劝道:"祖师息怒,我们都知道金顶大仙一心只想云游四海,自由散漫惯了,说话口无遮拦,但他的心不坏,你不要往心里去。"

菩提祖师说:"说我几句也就罢了,但如此奚落我的爱徒孙悟空,我真的是心中不爽。"

这时,一直不说话的太上老君开口道:"提起孙悟空,我也感到很内疚,不管怎么说,他那时被捉上天,我也有责任。虽然后来他大闹天宫,得罪了很多神,但他保护唐僧去西天取经,立下了汗马功劳。唐僧取经回来后,论功行赏,按理,孙悟空应该是头功,但他因为出身低微,又没有科班经历,所以排名时反落到猪八戒、沙和尚后面去了。我当时没有据理力争,对不起他。今天我在这里向你这位启蒙师傅菩提祖师道个歉。"说完,太上老君向菩提祖师鞠了一躬。

菩提祖师连忙将太上老君扶住,对他说:"既然你太上老君这样老资格的大神都这么说,我也就认了。事实上,我也问过爱徒孙悟空,他倒是想得很开,他说他又不是没有当过天官,也就是那么回事儿,他还是喜欢在花果山过自由自在的生活。"

立秋说:"天庭正是用神之际,像孙悟空这样有真才实学又有赫赫战功的神,正是天庭需要的人才。他在那里管花果山是埋没人才了。我也知道菩提祖师对孙悟空的安排一事有一肚子气。我的想法是由太白金星向玉帝请示一下,重新召回孙悟空,另任要职。"

太白金星说:"我欣赏立秋求贤若渴的精神,但现在还不是合适的时候。"

立秋问:"现在为什么不是合适的时候?这里面有什么奥秘?"

太白金星对立秋说:"你有所不知,那次孙悟空大闹天宫,就是因为他在蟠桃会上偷吃蟠桃,你难道还想他把你的蟠桃会搞砸吗?"

立秋说:"原来如此,那还是再等等吧,等过了蟠桃会再说。"

菩提祖师说:"你们这不是戴着有色眼镜看人吗?这都是多少年前的事了。"

太白金星说:"不怕一万,只怕万一,我们还是保守一点好。"菩提祖师说:"可怜我的徒儿啊。"

立秋说:"我也觉得这对孙悟空不公平。这样吧,霜降正在凡间挂帅,那儿离花果山也不远,我让霜降代表我们先去孙悟空那里慰问慰问,以表示我们的一片心意。"

太白金星说:"我觉得可以。"太上老君也点了点头,这事就这样定了下来。

欲知后事如何,且听下回分解。

第四十八回　评审会野神抱团　遭逼宫老君道歉

　　立秋他们在为孙悟空的事商量来商量去时,金顶大仙已经不耐烦了,他站起来气呼呼地问太白金星:"你今天把我们召来是干什么的?"太白金星这才醒悟过来,对金顶大仙说:"被你们刚才一闹,我把正事都忘记了,今天把大家请来,是为了让大家对我学生的一篇博士论文进行评审。大家坐下来,我把论文评审稿发给你们,请各位把把关,看能不能通过。"太白金星一边说一边把论文评审稿交到他们手上。

　　菩提祖师一看论文题目《论规矩》,气不打一处来,冷笑道:"要我们来评审《论规矩》,请问天上有规矩吗?如果什么都按规矩来,我徒儿悟空也不至于受如此委屈。"

　　太白金星说:"祖师啊,我们刚从孙悟空那里绕出来,怎么你又要绕回去了?何苦呢。"

　　菩提祖师说:"谁让你们亏待悟空的,反正我的心结还没有解开。"

　　太上老君说:"祖师啊,过去的事情就让它过去吧。那件事若要细究起来,就是因为悟空不守规矩,所以才惹出这许多事来。如果大家都很守规矩,天上就太平了,这说明规矩很重要。我想,玉帝定这个题目也有他的道理。"听说是玉帝亲自定的题目,菩提祖师就不说话了,坐下来静静地看稿子。

　　金顶大仙一看作者是霜降,就问:"霜降是谁?作者怎么没有来?作者不在,我们怎么提问?"

　　立秋回答:"霜降是太白金星的学生,现在在前线挂帅,回不来,我们有什么意见,让太白金星记下来,让他们师徒一起修改就好了。"

金顶大仙说:"前线挂帅?现在风调雨顺的,哪里是前线?哪里还需要派大军镇守?又何来挂帅一说?"

菩提祖师说:"我也觉得莫名其妙。"太白金星觉得今天请来了两个刺儿头,后悔莫及,但事已至此,也没有办法,只好站起来解释。

太白金星说:"事情是这样的。今年夏天人间不是特别热吗?酷暑在那里作怪,玉帝体恤民间疾苦,就派天兵天将去驱赶酷暑。带兵的元帅都换了好几位了,今天在场的立秋是首任元帅,情况他最清楚了,你们不妨直接问他。"

立秋心想:"好你个太白金星,太滑头了,皮球踢到我这里来了。"立秋正想着,金顶大仙的问题就来了。

金顶大仙问:"立秋你说,这个酷暑是何方神圣?使得天庭如此兴师动众。"立秋看了看太上老君,吞吞吐吐地说:"这个这个……"

菩提祖师也追问:"难道立秋元帅有难言之隐?"太上老君见此,只好和盘托出:"酷暑乃是我手下一童子,常年待在我的炼丹房里,炼出了一身火气。后来,他偷偷地溜了出去,竟跑到凡间惹事去了。"

金顶大仙说:"如此说来,这事太上老君也脱不了干系,难道不应该追责?"太上老君说:"我早就向玉帝做过检讨了,玉帝也骂我几次了。"

太白金星说:"大家都是有头有脸的神,有些事情点到为止,就不要深究了。"

菩提祖师说:"金星说的有道理,我们也不想为难太上老君,但有个事情我想不明白,既然天兵天将是去驱赶酷暑的,派立秋、处暑、白露下去还说得过去,现在都快到立冬了,还要霜降去那里干什么呢?是防暑还是防冻呢?"听到这里,太白金星一拍大腿说:"对啊,你不提我们倒真的忘记了,现在霜降带的队伍是可以回来了,我年纪大了,头脑昏了。立秋你正值当年,该提醒我啊。"

立秋说:"我还不是因为蟠桃会的事忙坏了。"太白金星说:"明天上朝，我即奏明玉帝，让霜降班师回朝吧。"

金顶大仙说："那既然霜降马上要回来了，这个评审会就等霜降回来后再开好了。"

太白金星心想，有金顶大仙在，今天这个评审会估计也开不成了，就顺水推舟地说："也好，那就下次择日再组织评审吧，不过今天你们既然来了，这个专家签字费还是要付的。"说着从包里拿出几个信封一一交给他们。菩提祖师等神嘴上说着"难为情"，但还是把信封拿走了。

欲知后事如何，且听下回分解。

第四十九回　花果山霜降慰问　水帘洞悟空迎客

霜降将《论规矩》的博士论文寄给太白金星后，就一直在等导师的回复。这一日，霜降没有收到导师的回复，倒是接到了立秋的通知。立秋要霜降代表天庭去花果山，对曾做过重要贡献的齐天大圣表示慰问。霜降不敢怠慢，立即行动，带着几个随从去了花果山。

花果山位于江苏连云港市南云台山中麓。早时称"苍梧山"，亦称"青峰顶"，为云台山脉的主峰，是江苏省诸山的最高峰。李白诗云："明日不归沉碧海，白云愁色满苍梧。苏轼则称：郁郁苍梧海上山，蓬莱方丈有无间。"此诗写的正是被誉为"海内四大名灵"之一的云台山。

霜降一行到了花果山后，径直寻到水帘洞，但见两边丹崖怪石、削壁奇峰。丹崖上，彩凤双鸣；削壁前，麒麟独卧。峰头时听锦鸡鸣，石窟每观龙出入。林中有寿鹿仙狐，树上有灵禽玄鹤。瑶草奇花不谢，青松翠柏长春。仙桃常结果，修竹每留云。一条涧壑藤萝密，四面原堤草色新。

霜降在洞口看见一群猕猴在山中嬉戏、行走、跳跃，食草木，饮涧泉，采山花，觅树果。一个个跳树攀枝，采花觅果；抛弹子，邷么儿，跑沙窝，砌宝塔；赶蜻蜓，扑八蜡，参老天，拜菩萨；扯葛藤，编草未；捉虱子，咬圪蚤；理毛衣，剔指甲；挨的挨，擦的擦；推的推，压的压；扯的扯，拉的拉，青松林下任他玩，绿水涧边随洗濯。

一群猴子正在玩耍，见来了不速之客，忙拦在洞口，询问："来者何人？来此何干？"霜降连忙回答："我乃天庭派来凡间带兵的霜降元帅，奉太白金星之命，前来慰问齐天大圣，请你们通报一声。"小猴子进去后，不一会儿就跑了出来，请霜降一行进洞。洞内有一大厅，翠藓堆蓝，白云浮

第四十九回　花果山霜降慰问　水帘洞悟空迎客

玉,光摇片片烟霞;虚窗静室,滑凳生花,乳窟龙珠倚挂;萦回满地奇葩,锅灶傍崖存火迹,樽罍靠案见肴渣。

孙悟空见霜降来了,连忙从座位上跳下来,拉住霜降的手,说:"前段时间听闻你来杭州上空挂帅了,早就想去看看你,后来一想我在山野懒散惯了,怕会惊扰到你,因此就没有去。没想到霜帅今天会来我这穷乡僻壤,是什么风把你吹来了?"

霜降说:"我一下凡,就想来拜访你,无奈军务缠身,一时走不开,这次我是代表天庭来慰问你的。"说着,霜降命令手下将带来的礼品拿上来,也就是些蟠桃、李子、饼干、猕猴桃酒之类的东西。

悟空说:"你来就来了,还带这些东西干啥,虽说我们这里偏僻了一点,但这些农副产品还是多得很,现在人类对生态环境很重视,对猴子的保护也加强了,我们不愁吃也不愁穿。"

霜降说:"这只是一点小意思,表示我的一片心意。重要的是,我可以透风给你,上头也觉得原来亏待了你,可能马上要重新启用你,你马上就要飞黄腾达了,到时你可别忘了我。"

悟空哼了一声,说:"上头要用我,难道又有人要到什么地方去取经?但是我想明白了,还是现在这样自由自在的好。"

霜降说:"我知道你是一个有思想、有魄力的神,现在你在这里实在是埋没了你的才华,但形势变化很快,我们都要与时俱进,我现在就在读博士,光有武功没有文凭吃不开了。天庭现在正是用人之际,你也要早做准备。"

悟空摇摇头,说:"要我去读个硕士、博士出来,那不是比登天还难吗?算了,不去说这些烦心事了,我这里消息闭塞,你还是说说我师弟的事吧。"霜降说:"白龙马取经回来后就被任命为东海区副区长,享受正处级待遇。猪八戒和沙僧被下派来凡间挂职锻炼,等时间到了,马上会被调回去恢复原职。八戒情商高,和各位神仙的关系处得很好,现在是天庭中的正局级领导了。沙僧为人实诚,属于信得过的,被派去流沙河房地产开发公司当老板了。现在房地产生意红红火火,我听说沙僧整天忙得很,想见他一面都要和他手下的秘书先约时间。"

悟空说:"还有这样的事,那我倒要抽个时间去会会他,看他会怎么样接待我。"说话间,小猴子叫喊道:"开饭了。"

悟空就对霜降说:"就在我们食堂吃个便饭吧。"

霜降说:"在食堂吃饭好啊,食材都是原生态的,我在军中还不一定吃得到呢。"两人边说边往食堂走去。

欲知后事如何,且听下回分解。

第五十回　霜元帅班师庆祝　太白星开会总结

霜降慰问完孙悟空后,在回营的路上突然接到了师傅太白金星的电话。霜降问师傅是不是他那篇论文需要修改。太白金星说:"现在不谈论文修改的事,现在我正式通知你,立即收拾一下,班师回朝。"

霜降问:"为什么急急忙忙通知我,出什么事了吗?"

太白金星说:"还不是你那篇论文的事,我把金顶大仙和菩提祖师请来当专家评审,是我麻痹大意了。我没考虑到他俩都是在野派、死对头,谈不到一起去,还一致攻击我们几个,还说要追究太上老君的失管之责,说我和立秋玩忽职守,浪费天库银子。这事如果闹大了可不得了,吓得我和立秋连连认错。还好金顶大仙和菩提祖师拿了评审费后闭嘴了。总之,你赶快回来吧。"

霜降听明白了,回到大营后,紧急布置撤兵的事。好在天兵天将都没有什么牵挂,来得快,去得也快,第二天天快亮时,驻扎在那里的霜降大军就消失得无影无踪。

霜降率大军回到天庭后,少不了一番庆祝,又是开报告会,又是设庆功宴、论功行赏,这样热闹了几天才慢慢平静下来。等到大家都安定下来后,太白金星就去向玉帝汇报,把从七月份开始派天兵去东南沿海一带救灾的事说了一遍,特别提到了一些可歌可泣的事迹,比如立秋、处暑用妙计击退酷暑、白露采用调虎离山之计歼灭秋老虎。

玉帝说:"这些情况我都知道了,当时前方发回来的战报我也看过,这些就让军事部门去总结吧。我现在在考虑一个更重大的问题。"

太白金星说:"玉帝英明,运筹帷幄,想的都是大事,下官不才,愿闻其详。"

玉帝说："中国改革开放四十年来，各方面取得了举世瞩目的伟大成就，特别是东南沿海，更是中国改革开放的先锋。我们的大军在那里驻扎了快半年了，对所见所闻你们一定深有感触，尤其是像立秋这样的高级干部。你们要把看到的、听到的、想到的都总结出来。天宫几千年来一成不变，积弊已深，已经到了非改不可的地步了。我们要借鉴中国改革开放的成功经验，为我所用。你去布置一下吧。"

太白金星想："天宫的一些弊端我们是早就看出来了，但你玉帝不发话，谁敢说三道四，现在既然你玉帝有这个意思，那事情就好办了。"从玉帝那里出来后，太白金星马上找立秋商量，统一思想后，决定两天后召开座谈会。

到了开会那天，太白金星准时来到了会议室，参议者都到齐了。此次会议由太白金星主持。太白金星一个个看过去，随即宣布会议开始，接着对参会者一一做了介绍：太上老君，资格很老了，虽然年龄大了点，但可以压压阵；立秋，今年下派的首任元帅，现任蟠桃会筹备委员会办公室主任；处暑，第二任元帅，现任天宫皇历文化研究院院长；白露，第三任元帅，现为托塔天王李靖的副手；秋分，第四任元帅，现为天宫桥梁建筑设计研究院院长、总设计师；寒露，第五任元帅，现赋闲在家；霜降，第六任元帅，刚从前线回来，尚未获得任命；钱某，前线宣传部主任，辅佐了六位元帅；岳某，前线参谋长，辅佐了六位元帅。另外参加会议的还有天宫办公厅、组织部、宣传部门的分管领导，以及天宫新闻媒体代表。

接着，太白金星对召开这次座谈会的背景做了说明。他说："玉帝对这次会议很重视，正是在他的授意下我们才组织了这次会议，希望大家，特别是从前线回来的将领们知无不言、言无不尽，毫无保留地将了解到的情况反映出来，组织、宣传部门要好好挖掘，新闻媒体单位要做好宣传报道工作，务必把凡间的成功经验总结出来，不辜负玉帝的一片期望。"

第五十回　霜元帅班师庆祝　太白星开会总结

太白金星说完后，请太上老君说几句。太上老君颤巍巍地说："我要先向从前线回来的将领们道个歉，因为我手下童子酷暑逃出去闯了祸，害得你们去前线受苦受累，我心里十分不安。好在大家都平安回来了，并且在那里学到了许多新知识，坏事变为好事。大家不要有什么顾虑，放开说就是了，如果觉得我在这里不方便，我回避就是。"

坐在边上的立秋听到这里，顿时醒悟："这一切是不是玉帝亲自设计的呢？不然，凭太上老君的法力，他怎么可能管束不住手下的一个童子呢？"

想到这里，立秋不禁惊出一身冷汗。这时，太白金星说："各位开始随意谈吧。"见大家你看看我，我看看你，都不想第一个说，太白金星就说："那我点名了，立秋，你是首任元帅，在秋季六个节气里，你也是老大，你先说吧。"

欲知立秋如何应答，且听下回分解。

第五十一回　座谈会立秋推诿　颂浙江白露点赞

天庭在开一个座谈会,旨在学一学中国改革开放的成功经验。会上,主持会议的太白金星点名让立秋先讲。

立秋见躲不开了,只得站起来,说:"这次天兵天将下凡到杭城上空,我是首任元帅没错,但我在帅位上屁股还没有坐热,就因为蟠桃会的事被天宫召回来了,我还遗憾没能去西湖边好好玩一玩呢,更谈不上和市井百姓有接触了。去时匆匆,回也忙忙,我在杭城上空逗留了一会儿,只看到那里到处都是高楼大厦,与我们天宫几千年如一日的景象有天壤之别。其他的我也说不上来,还是请其他几位多说说吧,我也正好学习学习。"

接着,处暑站了起来,说:"我接了立秋的班,但我挂帅时,前方战事吃紧,我根本没有精力想对付酷暑以外的事,所以也谈不出什么。但我注意到两点,一是当地居民心态很好,虽然受酷暑折磨,但他们该干吗干吗,整天乐呵呵的,精神状态很好;二是商场里各种物品琳琅满目,应有尽有,不像我们这里,缺这少那的。"

太白金星说:"这说明他们物质生活和精神生活都提高了,以前我听他们说'上有天堂,下有苏杭',这是说苏杭已经可以和天堂媲美了。现在看来,苏杭已经远远超过我们天堂了。"

这时,白露站了起来,说:"立秋和处暑两位前辈很谦虚,不肯多说,我反正无知者无畏,把看到的、听到的、想到的都无保留地说出来。"

太白金星说:"白露你就大胆地说吧,我们需要的就是有实实在在的内容的东西,要摆事实、讲道理,用数据说话。天宫要搞改革开放,就要借鉴已有的成功经验,摸着石头过河是很难进行下去的。你们都是朝廷中的新生力量,将来大有可为啊。"

白露说:"我没想那么多,我只是和大家一起分享。因为我们的大本营在杭州,活动区域主要在浙江,所以我对浙江的情况比较熟悉。我首先说一说浙江从何处来?谈到浙江,有两个问题值得我们思考。一是从古到今浙江那么多的人才究竟从何处来?二是浙江的好名声是从何处来的?"

太上老君一直笑眯眯地看着白露,听了白露的话,插话问道:"难道浙江有什么特别之处?"白露说:"那是当然。一千多年来,浙江一直是中国的人文渊薮。琴棋书画、诗词歌赋无数,这里的一草一木、一沟一壑都表现出吴越风情、魏晋风流和唐宋风华。从宋元到明清,浙江绵延千年的文脉结出了丰硕的果实,浙江籍状元就有六十人之多,占历代总状元数的十分之一。明清两代,仅浙江籍进士就有六千五百多个。浙江不仅出读书人,更出大师。古有陆游、周邦彦、赵孟頫、王阳明……近现代有王国维、鲁迅、徐志摩、郁达夫、茅盾、金庸……浙江籍的文化大师真是灿若星河,数都数不过来。可以说,浙江让整个中国变得精致了不少。"

太白金星插话道:"经济方面怎么样?"白露说:"我正要说呢,改革开放后,市场经济的浪潮撞开了古老中国的大门。浙江人敢为天下先,摇身一变,成了商品经济的探路者,浙江涌现出成千上万的老板,一派'遍地英雄下夕烟'的壮观景象。浙江人只要有点条件就想自己做老板,'白天当老板,晚上睡地板',因此身家百万、千万的浙江籍小老板遍布全球各地。"

太上老君问:"听说江苏也不错,你比较过吗?"

白露说:"浙江与江苏都是发达省份,一个是七山二水一分田,一个是三分之二的土地为平原。1978年,浙江124亿元的年度生产总值,只有江苏249亿元的一半。今天的浙江,GDP总量虽然依旧比不过江苏,但是在居民人均可支配收入上,浙江以4.2万元位居各省第一,可谓富得结结实实。千百年来,浙江人似乎总能找准浪潮之巅,并且整齐划一地立在潮头。在与时俱进这方面,浙江人是全中国的典范,他们理所当然成为时代的宠儿。我们要学,就应该以浙江为样板,一步到位,少走弯路。"

这时,坐在边上的宣传部领导站了起来,说:"说到浙江,人们往往会联想到很多美好的词语——富裕、人才济济、鱼米之乡、风景优美……最典型的就是历代词人笔下的浙江,比如下面的这首词。东南形胜,三吴都会,钱塘自古繁华。烟柳画桥,风帘翠幕,参差十万人家。云树绕堤沙,怒涛卷霜雪,天堑无涯。市列珠玑,户盈罗绮,竞豪奢。重湖叠巘清嘉,有三秋桂子,十里荷花……据说当时的金主阅此词后,慕杭州胜景,遂起投鞭渡江之行。"

组织部领导听到这里,插话道:"当时南宋偏隅临安,不思进取,以致金兵入侵,生灵涂炭,这说明'枪杆子里出政权''发展才是硬道理'的思想是多么正确,不然最好的条件也是没有用的。"

太白金星见大家讨论得很热烈,满意地点点头,说:"很好,大家都可以发表意见,先休息十分钟吧。"

欲知后事如何,且听下回分解。

第五十二回　三个浙江遍全球　五大板块齐飞跃

十分钟后,座谈会继续进行,太白金星示意白露继续说下去。白露喝了一口茶,接着说:"我以前听到过'山寺月中寻桂子,郡亭枕上看潮头''乱花渐欲迷人眼,浅草才能没马蹄'。这些描写浙江的名篇佳句写的不是金秋就是早春,却没有人写这里夏天的闷热和冬天的冻雨。大家都对它的美极尽讴歌,却有意无意地忽视了浙江的自然条件。这次我到杭州做了深入了解后才知道,实际上,杭州的自然条件并不算好,夏天热死人,气温可以达到40多摄氏度;冬天冷死人。以前没有空调,也没有暖气,西湖的冷风一吹过来,手上裂开很多口子,当地人叫'开冰口'。"

太白金星问:"那这样的地方为什么能享誉全球呢?"

白露说:"我先讲讲三个浙江。所谓'三个浙江',就是本土浙江、中国浙江和海外浙江。这三个浙江都表现出非常澎湃的经济动力,并且形成了四通八达的人际网络和销售网络,这种网络就像人身上的细胞或毛细血管一样,遍布于市场的各个角落。这种依靠血缘、宗族、同乡等传统关系凝结而成的网络,释放出巨大的能量,也把囿于一省的浙江经济变成了遍布世界的浙江人经济。在中国甚至海外,只要是有人的地方就会有浙江人,而只要有浙江人的地方,就会形成类似军队的完整建制,有实力的大老板是投资者,在当地建立一个浙江商城或温州商城;实力较弱的老板是摊主或堂主;没有本钱的就是伙计,看铺子、守摊位。总之,每个人都各司其职。"

太上老君问:"我还听说过有五个浙江的说法。"

白露说:"是有这个说法。所谓'五个浙江',指的是浙江可以分为五大板块,差别之大甚至超出了普通的地缘之别。第一个板块是杭嘉湖平原,就是杭州、嘉兴、湖州。外地人对浙江的传统印象,大都源于杭嘉湖。'东南形胜,三吴都会,钱塘自古繁华',说的就是这块土地。绫罗绸缎、诗词歌赋、燕瘦环肥,各种美好的词都能用在这里,这里是文人心目中的人间天堂。然而,温柔乡也是英雄冢,美好总是容易让人斗志消沉,杭州在历史上常作为短命王朝的偏安之地。说好听点是中土王朝的避难所,但最后的结果却往往是王朝的断魂处,以至于最后成了埋骨地。'暖风熏得游人醉,直把杭州作汴州。'杭州文化中似乎总有一种消解英雄气概的东西。改革开放后的前二十年间,伴随市场经济的发展,新兴力量开始崛起,旧日的大户成了保守的象征。杭嘉湖一直没什么起色,甚至有些衰败,这种现象一直持续到2000年前后。到21世纪初,杭州才开始真正振兴。但回头来看,杭州更像一个舞台,让所有浙江人隆重登场。很多浙江籍老板发家后,都会搬到杭州,成为新杭州人。一批批涌入杭州的新杭州人,给杭州带来了巨大的变化。

"第二个板块是温台。温台常被作为改革开放四十年的形象缩影,有着遍及四海的商人和商品,说着'三里不同调,十里不同音'的中国最难懂方言;也曾经有过'闲敲棋子落灯花'的文人荟萃,亦有壮阔磅礴的大好山河;还有民风彪悍、自力更生、重商轻政、投机取巧的温台人。很多时候,从千百年风云际会中走出来的温台,就像是一个矛盾体。贫瘠与富有、出走与回归、闯荡与保守、书卷与草莽,在它身上并存。由于靠近海洋,温台人是中国历史上最早具有海洋意识的人。唐宋年间,中国沿海还非常热闹,大海里航行着中国和各国往来贸易的航船,中国看似将要迎来大航海时代,温台地区迎来了大发展。然而接下来的明清两朝,不仅消极地拒绝海洋,还残酷地打压,'片板不得入海',更有倭寇时常侵扰。到了20世纪90年代初,温台人蹬着人力车,车上拖着四五百斤的货物,在近40摄氏度的高温下默默奋斗。他们没有怨言,脸上都是喜悦与希望,生活每天都在发生变化。温台地区商业的活跃带动了民间金融的发展。什么叫温州模式,什么叫市场经济?就是猫有猫道,鼠有鼠道,不是无道,各行其道。道者,市场规律也。这种'各行其道'的规律让温州人即使在最压抑的年代也没有完全熄灭冒险的火苗。他们被一穷二白的草莽之气驱使,瞅准商机,离开家乡甚至远赴海外寻找财富。温台就是靠这样的草根精神发展起来的。

"浙江的第三大板块是宁绍平原,即宁波和绍兴。它正好介于杭嘉湖和温台之间,既不是像杭嘉湖那样的鱼米之乡、金粉之地,也不像温台那样海盗横行、生性强悍,而是这两者的结合。绍兴自古以来就文人荟萃,当温台输出海盗或者远走南洋的时候,绍兴就输出师爷。绍兴的儒雅之气十分浓厚,铤而走险、作奸犯科的事情不想干,生存压力又大,所以绍兴人只能好好读书,'学成文武艺,货与帝王家',全中国最大的师爷出产地就是绍兴。明朝绍兴的进士有560人,清朝有740名。榜样如林让绍兴人变得特别爱学习,但是地方的录取名额毕竟有限,这么多读书人都来求功名,哪有那么多的功名?所以不是落榜的考生学问差,而是绍兴考生竞争太激烈。所以很多读书人为了求生机,只能去做需要很高文化的师爷,类似于现在的职业经理人。宁波和绍兴相比,文化气息相对淡一点。如果说绍兴是一瓶含蓄内敛的女儿红,宁波就是更烈一点的黄酒。它的城市口号就是'书藏古今,港通天下'。宁波也出王阳明、余秋雨这样的读书人,宁波靠海,宁波人骨子里就有一种海洋精神,不过他们更喜欢的还是经商。近代以来,宁波人主要的活动地点是上海,第二次鸦片战争后,上海崛起,宁波人通过上海这个平台展现了自己独特的才华,他们既有温台人的开拓精神,又有绍兴人的那种儒雅。到今天为止,上海那些成功的商人追根溯源,十有八九和宁波脱不开关系。

浙江第四个值得关注的板块是金华地区。金华地区有义乌的小商品市场、永康的小家电、横店的影城、东阳的劳务输出等。其中,最有名的就是东阳和义乌,这两个地方的制造业都比较薄弱,但是在做市场方面,东阳和义乌在全中国首屈一指。这个板块的特点也很鲜明,既不靠海也不临近通州大邑,交通非常闭塞。但这里毕竟地处浙江,出包工头的同时,也出文化人和大匠人,《送东阳马生序》讲的就是东阳,新闻界的老前辈邵飘萍的老家也是这里,而且东阳的泥瓦匠、木雕等都非常有名。繁荣的匠人文化,也为横店提供了基础,但最厉害的是义乌人'请进来'的能力。自然资源的匮乏让他们不得不另寻出路,浙江有一种传统的贸易模式叫'鸡毛换糖',小商小贩走街串巷,以红糖、草纸等低廉物品换取居民家中的鸡毛等废品以获取微利。'鸡毛换糖'的小贩们赶上改革开放大时代后,一部分行走天下,另一部分就开始做创造市场的生意,这就诞生了义乌小商品市场。当整个浙江举全省之力借助这个平台来释放自己的产品的时候,它不想成为世界级的小商品市场都不可能。

"浙江第五个板块是丽水和衢州。丽水是浙江最大的市,经济不怎么样,但风景秀丽,生态环境很好。衢州位于闽、浙、赣、皖四省交界处,就是所谓的四省通衢,也是当年土匪啸聚山林的地方。衢州人吃东西无辣不欢,同样是吃豆腐脑,杭州人加葱花、榨菜,衢州人则大清早就往里面加辣椒。改革开放后,丽水、衢州成了浙江经济的洼地,但这里一样出人才,比如表演《宋城千古情》的黄巧灵就是丽水人。杭嘉湖、温台、宁绍、金华、丽水衢州,浙江省的经济版图大概就是这五大板块,再加上和宁波隔海相望的舟山(也可以将舟山并入宁绍板块),一起组成了这片市场经济的海洋。"

白露一口气说了这么多,说得口干舌燥。太白金星见状马上宣布,再次休息十分钟。

欲知后事如何,且听下回分解。

第五十三回　说文脉霜降讲道　谈美景寒露论理

当大家再次坐下来时,太白金星说道:"刚才白露先介绍了浙江经济崛起的神奇之处,然后谈了浙江经济布局的五大板块,我听了后感触良多,学到了很多知识。但我更想听听浙江能够繁荣发展从而成为今日之浙江的原因。"

霜降站起来说道:"我因为要写博士论文,跑了浙江不少地方,我觉得文脉与商脉是浙江的灵魂所在。如果细品浙江,我们会发现,这片土地上长期存在着两股力量,就是浊流与清流。经商是浊流,读书是清流,喻于利是浊流,喻于义是清流。这两条脉络或此消彼长,或此起彼落,绵延上千年,这种纠缠同时也塑造了浙江的独特国民性,浙江的文脉与商脉有其存在的必然性。浙江的农本位意识历来比其他地方的人淡得多,从18世纪后期起,浙江的人地矛盾就十分突出,当地人仅靠农业完全无法维持基本生活,所谓的鱼米之乡更多是一种美称,物产丰富固然不假,但完全无法满足快速扩张的人口需求。因此一部分有文化的人选择考取功名,走'学而优则仕'的道路,更多的浙江人则开始外出经商。因此浙江自古就有商品经济的传统,茶、盐、纸、瓷、剑、镜、绸,堪称物阜民丰。

"到了今天,浙江的变化让我们惊讶。一直以来,浙江都是出才俊的地方,陆游、王阳明、鲁迅、金庸这样的才子说不上俯拾皆是,总归是一派儒雅风流。但现在的浙江人都跑去经商了,不过,令人欣慰的是,无数极富商业头脑的浙江人投身于市场经济的海洋,成为中国经济的又一个发动机。浙江的过度商业化究竟是不是好事?这很难说,但这并不意味着文脉的彻底断绝。浙江的读书人透着精明强干,精于谋世,也精于谋身。

土豪们多仰慕文化,并长于从故纸堆中翻检出什么来,搅成一道狂飙。文脉与商脉的纠缠依旧存在,只不过换了种表现形式。典型的浙江读书人就是金庸老先生,金庸、古龙、梁羽生作为中国武侠史上的三大宗师,古龙为酒徒,梁羽生为侠客,只有金庸是货真价实的商人。因此酒徒买醉征歌、情累美人,侠客远走他乡、退隐江湖。只有金庸一边做着报业巨子,际会风云,一边编织着无数人沉醉其中的成人童话。江湖与庙堂,生活与远方,他分得很清楚。而在商界,即使是全体经商的今天,从农民穿鞋上岸,到文化人投笔下海,在浙商们构成的这幅江山万里图中,文化仍然占据着举足轻重的位置。例如从海南归来的黄巧灵、党校老师出身的宋卫平、打造文化影视王国的徐文荣,以及西湖湖畔的英语老师马云、大山里走出来的小镇青年郭广昌,浙商总体的文化素质与修养在中国算得上首屈一指。曾听说,老师下海一般难成大器,但偏偏浙商里有不少是老师出身,这也算是浙江的造化之功了。在浙江这个全球最大的小商品海洋、民营经济的大本营中,马云的诞生是有其必然性的,小商和电商天生就是同盟军。'一个战士不是战死疆场就是回到故乡',马云曾经在北京、上海都漂泊过,最后又回到了杭州西湖边疗伤,马云终归离不开浙江,就像安泰俄斯离不开大地母亲的怀抱一样。最后,马云成就了浙江,尤其是成全了杭州。如今,整个杭州已经变成中国'互联网+'最发达的智慧城市。浙江终于又回到了杭州时代,政治、经济、人文全部汇聚于此,这种汇聚需要一个平台来释放。马云虽然'不懂科技','不懂互联网',但他懂趋势、懂人性。这片商品经济的汪洋大海,最终成为马云封侯拜相的舞台。"

太白金星说:"我是不是可以这样理解,深厚的文化底蕴和精明的商业天赋,再加上鸡毛换糖式的勤劳,是造成今日浙江繁荣兴旺的关键因素。"

白露、霜降都点头表示同意。

这时,寒露站了起来,说:"刚才白露、霜降都说得很好,我完全同意

第五十三回　说文脉霜降讲道　谈美景寒露论理

他们说的。我对经济是外行,但我对花花草草感兴趣,说得好听一点是比较关注生态环境。我感觉,除了文与商,美也是浙江的一大标签。美景、美人、美食,浙江都拿得出手。浙江之美无处不在,但需要细细品味。从会稽山到杭嘉湖平原;从西子湖到莫干山;从在安吉赏竹海、品白茶到在开化观根雕、尝螺蛳;从在象山吃海鲜到在龙泉吃山珍,一路走来,风景固然很美,但真正打动我、让我流连忘返准时赴约的,其实是一种宝贵的精神体验和天人合一、物我两忘的气韵。一路上或曲水流觞,柳浪闻莺;或白云扫榻,明月锄花;或水尽潭清,烟凝山紫,'若到江南赶上春,千万和春住',浙江秀美风物与无数诗人留下的诗篇,一同铸就了中国传统美学的高峰。被传统文化浸润越深,对浙江之美的感受就越深,这种精神体验的密度之高、强度之强,是其他地区难以企及的。说完美景,再说美人。其实中国各地都出美女,但气质不一。

"单论眉眼姿容,浙江美人的确算不上翘楚,但浙江女孩皮肤好,说话好听,吴侬软语,气质上佳。我见过很多出色的浙江美女,一眼就能看出她们是典型的江南美女。这种美和所谓病态美的'扬州瘦马'不太一样,既风流蕴藉,又自有一种潇洒气度在其中,这种气质很难用言语形容。直到有一天,听我的老朋友香樟王讲到,'桃李春风一杯酒,江南夜雨十年灯',我才悟到,这两句诗不就是浙江美女的最好写照吗?

"除了美景、美人外,浙江的美食我也了解了一番。熟悉我的人都知道,我对吃很讲究。顶级的杭帮菜我吃过很多,但较之中国各地的代表菜系,着实不算突出。所谓的名菜没给我留下深刻的印象,倒是饭店名、菜名起得大多温情脉脉、雅致风流,雅致的用餐环境和服务小姐们迈步时的做派和嗲声嗲气的腔调,让人顿时平静了许多。这种人文体验甚至掩盖了菜肴本身的味道。在温台和宁绍能吃到不错的海鲜,绍兴黄酒非常不错,每到菊黄蟹肥的时候,温一壶花雕,赏黄菊,吃螃蟹,是人生的一大乐事。山海湖泊、草木沟壑、风物历史荟萃,荟萃的不只是山水,还有全中国的文化。

"丝绸与茶叶被称为江南特产,中国最大的茶博物馆和丝绸博物馆都坐落于浙江,但其实这两样东西皆非首产于此,丝绸源于蜀锦,'丝绸之府'的美誉却落在了湖州。发源于云贵大山、顺江而下的茶叶,也是在浙江文而化之。隐居于杭州的茶圣陆羽在传世著作《茶经》中,为这种原生态的奇怪树叶定好了名分,茶叶终于登上了大雅之堂。

"浙江的成功不是别人给的,而是浙江人自己'烩'出来的,浙江也是'烩'出来的。文商两脉,三大族群,五大板块,水陆杂陈,推陈出新,再加上全国各地的文化风物荟萃,经年累月,终于形成了气象万千的浙江。"

寒露的一席话听得在座的各位都心里痒痒的。天宫办公厅负责人说:"浙江这么好,难怪寒露乐不思蜀,不想回天宫了。"

寒露急忙解释:"我是实话实说,那里好是好,但那是他们凡间的人享受的,不是我们能享受的。"太上老君说:"你的意思是我们还不如他们了。"寒露说:"我只代表个人观点,这个是仁者见仁、智者见智的。但我在天宫从未看过《宋城千古情》《印象·西湖》这样赏心悦目的节目,这是事实。"

太白金星正要说话时,外面突然传来一阵吵闹声,他急忙询问保安是怎么回事。

欲知后事如何,且听下回分解。

第五十四回　牛郎硬闯座谈会　秋分解读天河桥

座谈会正在进行时,外面突然传来了吵闹声,还没等太白金星弄清楚是怎么回事,会议室的门已被推开了,牛郎和嫦娥怒气冲冲地走了进来。

太白金星忙问:"你们两位,一个是牛郎,一个是嫦娥吧?"

牛郎和嫦娥齐声说:"是的。"太白金星说:"我们这里正在开一个重要的会议,你们到这里来干什么? 保安,把他们请出去。"保安上来拉牛郎,但被牛郎一把推开了。

牛郎说:"我有话要说。"边上的嫦娥也说有话要说。

太上老君见牛郎和嫦娥态度坚决,就对太白金星说:"我看,就让他们说吧,听听他们到底有什么要紧的事。"

牛郎大声说:"我今天来天宫办事大厅办通行证,听说你们这里在开重要会议,心想,这有关我们的切身利益,而且我是从人间上来的,对下面的情况比较熟悉,所以我必须到这里来说道说道,并且我有些事情也要向你们反映反映,以引起你们的重视。"

立秋说:"你上天已经多少年了,现在下面已经发生了翻天覆地的变化,你那老皇历早过时了。"

牛郎说:"我上来早是不假,但我亲戚朋友还在下面啊,我的根在那里,所以我对那里的情况很关心,我常和下面联系,信息灵通得很。我在天上和织女一年只能见一次,你们不讲人情,我反映了多少次了? 我要求尽快在天河上架一座桥,好让我们一家每天都见面。上次我和织女说了,现在凡人日子过得这么红火,天河桥再不开工的话,我们就回到凡间去。"

组织部负责人插话道:"你想得倒简单,你已经是天上的神了,你的编制在天上,凡间早就把你的户口注销了,你以为你想回去就可以回去啊。"

牛郎说:"你们这样对我,我不想再当什么神仙了,做一个凡人更好。我知道我现在在那里没有户口,但他们现在不是在引进人才吗?我可以以海外人才的身份回去啊。"

宣传部负责人说:"还海外人才呢,请问你会什么?"

牛郎说:"不管怎么说,我在天上待了这么多年,他们现在非常重视太空开发,我回去给他们提供些信息,当个顾问肯定是没有问题的。"

太白金星说:"你不能回去,你若回去,一则有失我们天宫的面子,二则也会泄露天机。我知道你对我们天宫有意见,说我们不为你们一家考虑,没有尽力。事实不是这样的,我们一直在努力,这不,我们还专门成立了天宫桥梁建筑设计研究院,今天秋分院长就在这里,你不信可以直接问秋分。"

这时,秋分站了起来,对牛郎说:"太白金星说的是真的,我从小就喜欢桥梁,对工程建筑之类感兴趣,所以,前段时间我下去挂帅时专门考察了杭州城里的很多桥,特别是对钱塘江上的几座大桥,我花了很多精力去研究,所以我被召回后,天宫要我当桥梁院院长,我们正在做天河桥建设的可行性研究。"

牛郎说:"我不懂,为什么他们在钱塘江上造座桥易如反掌,而我们这里却这么难?我们再三呼吁,你们现在还只是在搞可行性研究。等这个桥造好,那不知要到何年何月了,我可怜的娃、可怜的织女啊。"牛郎说着,眼泪夺眶而出,说不下去了。

秋分连忙解释道:"牛郎,你的心情我理解,但你也不要急,钱塘江是钱塘江,天河是天河,天河上架桥,其难度超乎想象。但我可以保证,这个桥是一定会架起来的,这个可行性研究是必须的一道程序,不然天宫那里

第五十四回　牛郎硬闯座谈会　秋分解读天河桥

审计通不过啊。"

太上老君深受感动，就提了个方案。他说："我很同情牛郎一家，他们每年只能在七夕见一次面，时间确实太少了。我建议在大桥建成前，增加他们的见面次数，比如再安排他们在西方情人节那天见面，大家觉得怎么样？"听了太上老君的建议，大家七嘴八舌地议论开了，有赞同的，也有反对的。太白金星说："我们还是听听牛郎本人的意见吧。"

没想到，牛郎却不同意这个方案。牛郎说："太上老君的好意我心领了，但我呼吁造桥并不是只为了我们一家考虑，而是为天河边的千千万万劳苦大众着想。靠喜鹊飞来临时搭桥让我们见上一面这样劳民伤财的事我希望不要再继续下去了，我于心不忍啊。而且我原来是中国人，我们中国人是有骨气的。让我们在西方情人节见面，这样的面不见也罢。"

牛郎的话一说完，会场响起了一阵掌声。

欲知后事如何，且听下回分解。

第五十五回　嫦娥含泪诉衷情　老君泄密透底细

　　牛郎说的话引起了大家的共鸣,牛郎自己都被感动得热泪盈眶。太白金星连忙扶牛郎在旁边椅子上坐下来,接着,转身对泪流满面的嫦娥说:"现在牛郎来的意图大家都明白了,你嫦娥来又有什么要说的?"

　　嫦娥掏出餐巾纸先擦了擦眼泪,然后悲伤地说:"刚才牛郎的话感动了我,我是情不自禁地泪流不止。可是你们知道吗?牛郎和织女好歹每年还能相会一天,可是我和夫君后羿这么多年来没有见过一次面,只能在夜晚月明的时候遥遥相望,蒙蒙眬眬的连面貌都看不清楚,你们说我是不是更惨?"嫦娥说着眼圈又红了。

　　太白金星劝解道:"牛郎织女之间虽然隔着天河,好歹都在天上,我们可以想办法。而你和后羿一个在天上,一个在地上,人间的事又不属于我们管,所以这事情处理起来就更难。"

　　嫦娥说:"我住的月宫虽然也属于天上,但那里是离人间最近的地方啊!那段距离和天河比起来也不见得更远啊。天河上能架桥,难道月球和地球之间就不能架桥吗?"

　　太白金星说:"这个问题太专业,我还真不好说,还是请秋分专家说说吧。"

　　秋分说:"嫦娥啊,我很同情你。我去杭城挂帅前还到你们月宫住了一段时间,你和吴刚热情地招待了我,我还欠你们一份情呢。所以你的诉求我一直没忘记,你的忙我也一定会尽力帮。可是,话说回来,天河虽然宽,但是是在一个平面上,而月宫与地球之间却是垂直的,这一横一直是不能比的,难度系数大多了。"

第五十五回　嫦娥含泪诉衷情　老君泄密透底细

嫦娥说:"说到这些专业问题,我当然说不过你,但办法都是想出来的,桥架不了,就不能想想其他办法吗?比如航天器啊,飞船啊。"

太上老君说:"这个事情我以前和玉帝说起过。玉帝的意思是,天宫长期以来财政比较紧张,天空地域广阔,急于建设的基本建设项目有很多。而月宫离地球近,地球上的人也会想办法架设到月球的通道,并且有些人已经捷足先登了。为了避免和地球人发生冲突,我们天宫暂不考虑这个项目。嫦娥姑娘你也不要急,等地球和月球通航了,后羿自然会来找你的。"

听到这里,嫦娥又不禁悲伤起来,边流眼泪边说:"我们去接近他们,主动权在我们手上,我一定会不惜一切代价去找后羿;如果让地球人上来接近我们,要是中国人先进来,那倒还好,可要是别个霸权主义国家先进来,占着地盘不走,那我的后羿还怎么有机会上来啊?我再也见不到我的郎君了。"

嫦娥说到这里伤心欲绝,竟晕了过去。这下大家慌了,赶紧把嫦娥抬到门外的车上,让送到天宫第一医院救治。忙乱中,牛郎想想自己该说的也说了,比起嫦娥来,他还算幸福的,于是就悄悄地离开了。

事毕,太白金星重新招呼大家坐下来开会,一时竟想不起来原来说到哪里了,还好有专门负责会议记录的人提醒他。太白金星朝与会者看了一遍,说:"这次下派的六位主帅,有五位已经说过了,还剩下秋分没有说,秋分院长,你也说一说吧。"

秋分说:"我怎么没有说呢?刚才牛郎、嫦娥提问题时,我说了不少了。"

太白金星说:"那个不算,你刚才是回答牛郎、嫦娥的问题。你在下面待的时间也算长了,并且你是知识分子出身,精于工科,你再说说浙江的情况嘛。"秋分说:"关于浙江的经济、区域特点,浙江的美景、美人、美食,前面几位都说得很好,我就不再重复了。我在浙江时,为了给以后建筑桥梁积累资料,我考察了浙江境内的大部分名山大川,要不要给大家说一说?"

太上老君听说要讲名山大川,马上来了精神,睁开眼睛,说:"这个好,名山大川,我爱听。"

欲知后事如何,且听下回分解。

第五十六回　谈名山寰中绝胜　论大川紫金锁澜

天宫里的座谈会继续进行,这次由秋分介绍浙江的名山大川。

秋分说:"浙江省地处东南沿海、长江三角洲南翼,东濒东海,南接福建,西连江西、安徽,北临太湖,与上海、江苏为邻。全省陆地面积约10.18万平方公里,具有'七山一水二分田'的地貌特征。

"浙江有十大名山。天台山,位于浙江省天台县北面,依托自然山水景观,以佛教文化为特色,集旅游观光、休闲度假、礼佛朝圣为一体。

"普陀山,舟山群岛中的一个小岛,素有'海天佛国''南海圣境'之称,也是中国四大佛教道场之一。

"雁荡山,位于浙江省乐清市境内,因主峰雁湖岗上有结满芦苇的湖荡,年年南飞的秋雁栖宿于此,故名'雁荡山'。雁荡山被誉为'海上名山,寰中绝胜',史称'东南第一山'。其中,灵峰、灵岩、大龙湫三个景区被称为'雁荡三绝'。

"莫干山,位于浙江省北部德清县境内,美丽富饶的沪、宁、杭金三角的中心,莫干山山峦连绵起伏,风景秀丽多姿,以绿荫如海的修竹、清澈不竭的山泉、星罗棋布的别墅、四季各异的迷人风光闻名江南,享有'江南第一山'之美誉。

"天目山,素有'大树华盖闻九州'之誉,地处杭州市西北部临安区境内,主峰仙人顶海拔1506米。古名'浮玉山','天目'之名始于汉。天目山有东、西两峰,顶上各有一池,长年不枯,故名。天目山动、植物种类繁多,珍稀物种荟萃,为国家教学科研重要基地,素有'大树王国''清凉世界'之美名,为古今览胜颐神胜地。

"天姥山,位于浙江省新昌县境内,属于道家七十二福地之第十六福地,因李白的《梦游天姥吟留别》而为世人熟知。'天姥连天向天横,势拔五岳掩赤城,天台四万八千丈,对此欲倒东南倾。'李白在诗中把天姥山的气势描绘得淋漓尽致。

"大明山,位于临安西部顺溪镇,别名'千亩田',山巅平坦,广达千亩,故名。以大明山为主体,共有32峰、13涧、8瀑。此山多奇峰怪石,森耸峭拔,足称名胜。有一巨石,平坦如榻,相传,朱元璋起义后兵败至此,曾卧石上,故名'天子石',朱元璋屯垦时曾登台拜将,故山顶有点将台。朱元璋屯军'千亩田',招兵买马,养精蓄锐,然后杀下山去,打下大明江山,故此山称'大明山'。

"超山,位于浙江塘栖镇,是一座风光旖旎、古迹众多、传说迷人的平原小山。超山以梅景出名,兴盛时期,方圆十里如飞雪漫空,故有'十里梅花香雪海'之美誉。中国有五大古梅,即楚梅、晋梅、隋梅、唐梅、宋梅,超山占其中之二。主峰海拔265米,因超然突立于皋亭、黄鹤之外,故名。

"雪窦山,为四明山支脉的最高峰,有'四明第一山'之誉。山上有乳峰,乳峰有窦,水从窦出,色白如乳,故泉名'乳泉',窦称'雪窦',山名由此而来。有千丈岩、三隐潭瀑布、妙高台、商量岗、林海等景观。

"大奇山,位于杭州市桐庐县、富春江南岸,又称'塞基山',史称'江南第一名山'。境内有山峦、怪石、峡谷、溪瀑,以雄、险、奇、秀、旷著称,与桐君山、七里扬帆、富春江小三峡、严子陵钓台共同构成富春江旅游板块。"

太上老君说:"十大名山果然不错,那大川又有哪些?"

秋分说:"浙江有八大水系,它们是钱塘江、瓯江、椒江、甬江、苕溪、运河、飞云江、鳌江八条长龙,还静卧着东钱湖、西湖、鉴湖、南湖四大湖泊,密布着杭嘉湖、姚慈、绍虞、温瑞、台州五大平原河网。

"浙江犹如一名清秀水灵的江南女子,密布的河网、八大水系便是让她钟灵毓秀的生命之脉。水,赐予浙江物华天宝。浙江八大水系作为一条条'财富之江',凝聚着古今无数先贤志士修库筑坝、治理江河的丰功伟绩。史传大禹治水'大会诸侯于会稽',如今,新安江、分水江、老虎潭、长潭、珊溪等一座座水库横亘于浙江水土之上。'紫金锁澜'降伏昔日肆虐的'蛟龙',化狂澜为平湖。大坝巍峨,如一座座丰碑,永载史册。如今,浙江的水渐露笑靥,富春江清澈清凉、西湖波光摇曳、鉴湖桑青水碧,运河百舸争流……肆虐逞凶的江河,成为人们争相观赏的天下景观。浙江的城市再现'水清可游、岸绿可闲、街繁可贸、景美可赏'的水乡风光。灾害不断的八大水系变成了可持续利用的财富之江。浙江文化的发展底蕴、浙江巨变的安全保障都凝聚在八大水系之中。"

　　秋分说到这里,突然停了下来。坐在他边上的岳参谋长连忙倒满一杯水递了过去。秋分接过杯子一饮而尽,用手擦了擦嘴角,说:"我说得太多了吧?"太上老君说:"不多不多,我喜欢听这个。"

　　欲知后事如何,且听下回分解。

第五十七回　论节气老者寄情　做总结六帅念诗

太上老君今天参加天宫的座谈会,听了立秋等六位元帅的发言,觉得很有新意。太上老君眯着眼把立秋到霜降等六位元帅看了个遍,然后慢吞吞地说:"你们几位的名字源于中国古代流传下来的二十四节气的秋令六节,而二十四节气是中国劳动人民智慧的结晶,是古代农耕社会指导生产生活的重要指南。其中饱含了中国人对自然时序的敬畏之心。你们的祖辈给你们取这些名字,饱含了他们朴素的感情,就是希望你们能脚踏实地,和劳动人民一起,做出一番事业,服务于大众。今天听了你们的介绍,我觉得很欣慰,你们不忘初心,没有辜负先辈的期望。天宫正需要你们这样年轻有为的干部大显身手。"

太白金星接着说:"秋去冬来,二十四节气不论是立秋时节、处暑天气,还是白露渐深、秋分又至、寒露霜降,每一个节气都饱含诗意。这种诗意伴着诗词流传至今。今天,你们六位就根据自己的名字,结合二十四节气的气候特点,以诗歌的形式做一个总结。大家觉得怎么样?"全场响起一阵掌声,大家都说好。

立秋说,"秋"就是指暑去凉来。到了立秋时节,梧桐树开始落叶,因此有"叶落知秋"的成语。秋季是天气由酷热转凉爽,再由凉爽转寒冷的过渡性季节。唐代诗人刘言史作的《立秋》云:"兹晨戒流火,商飙早已惊。云天收夏色,木叶动秋声。"立秋一说完,掌声又响了起来。

接着,处暑站了起来,说道,所谓"处暑",即"出暑",意思是"夏天暑热正式终止"。唐代著名诗人白居易《早秋曲江感怀》诗云:"离离暑云散,袅袅凉风起。池上秋又来,荷花半成子。朱颜易销歇,白日无穷已。

第五十七回　论节气老者寄情　做总结六帅念诗

人寿不如山,年光忽于水。青芜与红蓼,岁岁秋相似。去岁此悲秋,今秋复来此。"会场里又是一片叫好声。

白露对立秋、处暑竖起大拇指,说:"两位大哥说得好,我是代表天气渐渐转凉的一个节气,清晨时分,地面和叶子上会有许多露珠,这是由于夜晚水汽遇冷凝结在上面而形成的,故名'白露'。宋代吴则礼所作《登北楼》诗云,落景孤云共,清商戍角和。苍烟淡伊洛,白露湿关河。牧马随鸿雁,行人击骆驼。暮年余习在,犹欲听边歌。"

白露说完,立秋补充道:"白露充分利用了自身的优势,借助露珠晒上绍兴黄酒,将秋老虎灌醉,从而调虎离山,并在平阳将秋老虎一举歼灭,这是著名的战术运用之典范啊。"

白露谦逊地表示:"我这不算什么,你采用瞒天过海之策对付酷暑,我敬佩得很。"

秋分插话道:"你们几位都很厉害,我学不过来。秋分时节,太阳几乎直射地球赤道,全球各地昼夜等长。秋分过后,太阳直射点继续由赤道向南半球推移,北半球各地开始昼短夜长,即秋分后白昼开始短于黑夜;南半球则正相反,故秋分也称'降分'。唐代诗圣杜甫在《晚晴》中说,返照斜初彻,浮云薄未归。江虹明远饮,峡雨落余飞。凫雁终高去,熊罴觉自肥。秋分客尚在,竹露夕微微。"

太白金星说:"秋分挂帅时,因为没有大的战事发生,所以没能在战史上留下浓墨重彩的一笔,但他在那段时间做了大量的建筑工程考察工作,特别是对钱塘江上的十座大桥做了深入研究,为我们接下来的天河大桥等一系列建筑工程的启动打下了很好的基础,因此秋分同样功不可没。"太白金星说完,全场又爆发出一片热烈的掌声。

寒露站起来先向大家鞠了一躬,然后缓缓说道:"我是戴罪之身,由于我的麻痹大意,酷暑有了反攻倒算的机会。我觉得很惭愧,我不配和立秋、白露等为伍。"

太上老君说:"寒露此言差矣,谁都会犯错。常言道,失败乃成功之母。那些不可承受、不可跨越的苦难,一旦你经受住了,回头看时,你会发现那只不过是浮云一片。区区挫折有什么可怕的,你要振作起来,抬起头来,做一条硬汉子。"

太白金星说:"寒露虽然在军事上没什么可说的,但他热爱生活,花草诗歌样样精通,还与香樟王建立了很深的友谊。今后我们下去还要请寒露多介绍介绍。"

立秋也说:"寒露永远是我们秋季家族里的一员。"

太白金星说:"寒露你继续说下去吧。"

寒露激动得热泪盈眶,他擦了擦眼泪,说:"寒露表示秋季时节的正式结束,是气候从凉爽到寒冷的过渡期。在夜晚仰望星空时,你会发现星空换季,代表盛夏的'大火星'已西沉。我们已经可以隐约'听'到冬天的'脚步声'了。为此,唐代大诗人白居易作《池上》一首,袅袅凉风动,凄凄寒露零。兰衰花始白,荷破叶犹青。独立栖沙鹤,双飞照水萤。若为寥落境,仍值酒初醒。"

一阵掌声过后,霜降站起来说道:"我是秋季的小弟。霜降节气含有'天气渐冷、初霜出现'的意思,是秋季的最后一个节气,也意味着秋天的结束。此后跟上来的是立冬,表示冬天要来了。唐代的常建作《泊舟盱眙》是这样说的,泊舟淮水次,霜降夕流清。夜久潮侵岸,天寒月近城。平沙依雁宿,候馆听鸡鸣。乡国云霄外,谁堪羁旅情。"

太上老君说:"霜降能文能武,既能阵前挂帅,又攻读博士学位。他的博士论文《论规矩》我看了,写得很好,真是名师出高徒啊。太白金星,我怎么就招不到这么好的学生啊。"

太白金星哈哈大笑道:"太上老君就不要取笑我了,谁不知道你培养出来的都是齐天大圣那样的英雄啊?我太白金星岂能和你比?"会场上又响起了一阵笑声。

太白金星接着说:"秋季快要过去了,冬季即将来到。我想说的是,在座的各位年轻人,你们的职责是平整土地,而非虚度时光。你们做三四月的事,在八九月自会有收获。秋季六君的成功说明了一个朴素的道理,就是莫负时光,细细耕耘,秋后,自有收获。"太白金星说完,会场上爆发出雷鸣般的掌声。

欲知后事如何,且听下回分解。

第五十八回　金星前台提要求　玉帝后宫定变革

　　天宫座谈会接近尾声时,太白金星要太上老君说说指导性意见。太上老君说:"我再啰唆两句话。一句是,简单的事重复做,你就是专家;重复的事用心做,你就是赢家。另一句是,成功的人不是赢在起点,而是赢在转折点。"太白金星插话道:"太上老君专心炼丹几千年,不愧为炼丹专家啊。"太白金星说完,全场哄堂大笑。

　　太上老君听了也不气恼,不紧不慢地说:"像太白金星这样什么事都用心做,他就成了赢家。我今天说多了,还是听太白金星做总结吧。"

　　太白金星说:"时间差不多了,我最后说几句,也不算总结,就是谈点感想。今天这个会开得很好,开得很及时,这主要是由于玉帝高瞻远瞩,提出了建设性、指导性的指示精神,我们只是按照玉帝的旨意去落实。与会代表各抒己见,提出了许多很好的意见建议。牛郎和嫦娥虽然不是会议邀请的代表,但他们反映的问题很实在,说明民间对我们提出了更高的要求。我们一定要引起足够的重视,要转变思想观念,紧跟时代发展形势,以新的理念、新的作风、新的方式方法,投身到天宫改革开放的大潮中去。天宫改革开放没有现成的经验,要摸着石头过河,怎么办?天宫没有做过的事情,民间已经在做了,并且还做得很好,我们不能再高高在上了。以前他们有什么不懂就会说,去问玉帝吧。那是他们对玉帝不了解,事实上,玉帝并没有他们想得那么神通广大。现在,他们已经走到我们的前面去了,牛郎有回到人间去的想法,这提醒了我们这一点——不进则退。我们只有放下架子,好好向凡人学习,借鉴他们的成功经验,锐意改革,才能解决目前官僚主义严重、形式主义泛滥的现状。这次天宫派秋季六帅下去锻炼,一方面是为了解救受酷暑迫害的人们,另一方面也是为了让他们从人间学习改革开放的成功经验。他们几位刚刚都说得很好,说明他们真正学到了东西。我很欣慰,也很受启发。大家现在该知道大本营设在杭州的原因了吧?因为浙江是中国改革开放最成功的地方之一,杭州是浙江的省会,各种改革开放的成功经验都可以在杭州找到样本。"听到这里。会场里响起了一阵议论声,参会人员交头接耳地说着"原来如此""是这样啊"等类似的话。

太白金星停了片刻后,继续说:"这么多内容光靠今天的会议总结是总结不完的。办公厅、组织部、宣传部等部门要各司其职,从各个方面把下面的宝贵经验总结出来。秋季六帅也要把今天讲的内容好好整理一下,形成一个完整的书面材料,等这些工作做好了,我们要向玉帝做一次专题汇报。今天的会议到此结束。"

散会走出会场时,立秋拉了拉太白金星的衣角,悄悄地问:"我们在杭州安营扎寨真的如你所说另有目的吗?你为什么不早点告诉我?"

太白金星说:"天机不可泄露,我也是后来才知道的。"

几天后,所有的总结材料都整理出来了,办公厅从机构设置方面总结了变革的可行性;组织部从组织保证方面论述了变革的迫切性;宣传部从思想政治方面阐述了变革的必然性;军事部从保疆安民方面表达了变革的重要性;秋季六帅以亲身体验说明了变革的可操作性。更有文学爱好者写出了长篇小说《天候·秋》,从秋季的气候变化,来说明变与不变的道理。

太白金星将这些材料装订成册,并做了个漂亮的封面。接着,他就带着秋季六帅见玉帝去了。

玉帝接过太白金星递上来的材料大概浏览了一遍,然后亲切地问了秋季六帅几个问题,秋季六帅一一做了回答。

玉帝龙颜大悦,对秋季六帅赞赏不已。玉帝指出:"目前天际形势变幻莫测,过去几千年来形成的习惯已经不适合时代的发展需要,因此我们必须进行变革,变革就会有风险。天宫正是用人之际,你们几位既懂理论知识,又有实践经验,并且经历了第一线的考验。现在正是你们充分发挥作用的时机,希望你们能继续努力,再接再厉,创造奇迹。"

接着,玉帝又对太白金星说:"你回去后马上会同组织、人事等部门,组建一些新的机构,专司改革开放发展之责,秋季六帅可以在这些部门中发挥重要作用。"

太白金星连声说"好"。不久后,天宫发布了天字第八号文件。文件上宣布了一些重要机构成立的消息,并任命了这些新机构的主要负责人。这标志着一场轰轰烈烈的天宫变革大潮由此开始。

秋季六帅踌躇满志,放眼天空,晴赏奇松怪石,阴观云海变换,雨觅流泉飞瀑,雪看玉树琼枝,风听空谷林涛,雾辨苍茫江湖。

欲知天宫变革大潮如何展开,且听下部分解。